Peter Reusse *Indian Summer*

Peter Reusse

Indian Summer

eine Liebesgeschichte

Das Neue Berlin

Mit acht Aquarellen des Autors

ISBN 3-360-00916-9

1. Auflage

Umschlag- und Einbandentwurf:
Generator, unter Verwendung
eines Motivs von Peter Reusse
Druck und Bindung:
Wiener Verlag, Himberg

Das Wesentliche bleibt ungesagt.
Philippe Petit

Das letzte Jahr war die Hölle.
Erst Tage später, nachdem Richter Demongeot kraft seines Urteilspruchs Clarisse und mich voneinander erlöst hatte, wurde mir das Ausmaß der Belastungen bewußt.
Der Zeitpunkt, da wir uns zu verlieren begannen, lag Jahre zurück. Mit beharrlichem Geschick war es uns gelungen, den Prozeß der stetigen Entfremdung zu verdrängen. Als das nicht mehr durchzuhalten war, starteten wir überhastet Rettungsversuche. Rein intellektuell. Als wir, höflich wohlwollend, meinten, uns wiedergefunden zu haben, begann das Sichinsgehegekommen. Immer war der andere schon da. Wie im Märchen vom Hasen und Igel. Das elegante Sichausdemweggehen hatte uns besser gelegen. Das Interesse füreinander wurde zu dem des Wegelagerers an seiner Beute. Unsere Tage – atemlose Turnübungen im Kraftfeld zwischen Mißtrauen und Selbstmitleid. Unsere Nächte – blutrünstige Duelle. Und das nicht nur metaphorisch. Das letzte Jahr übertraf alles Geschehene. Wir hatten eine neue Generation der Vernichtungswaffen für uns entdeckt: das Schweigen.
Unser Klassenziel: Die hohen Weihen der Zerrüttung.

Schwiegen wir nicht, waren wir tolerant. Gaben uns abgeklärt. Ein bißchen müde, ein bißchen morbid. Wir genossen die süßen Wehen der Großmut, den Masochismus des Verzichts: Bitte, du kannst tun und lassen, was du willst.
Waffenstillstand ohne Verhandlungen.
Statt fliegender Kaffeetassen – schweigende Blicke am Fenster.
Statt Knüppel – ein immer enger werdendes Würgeband.
Statt Whisky – Aspirin.
Nun denn. Mit dem letzten Möbelpacker war Clarisse endlich entschwunden.
In ihrem aufreizend krapplackfarbigen Kostüm.
Im Raum der Duft ihres Parfüms ROCHAS TOCADE.
Zum Abschied küßte sie mich.
In unserem Leben hatte es auch gute Tage gegeben. Wundervolle. Am Anfang.
Obwohl ...
Das letzte Jahr war die Hölle.

Ich saß in meinem von Jahr zu Jahr rissiger werdenden Ledersessel und sagte laut: Schwamm drüber!
Die Banalität der Worte verhielt sich widersprüchlich zum Pathos meiner Stimme. Erinnerte an TV-Werbung. Jetzt müßte der Markenname fallen.
In mir wurde es still.
Wie der Kranke, der nach langem Klinikaufenthalt sein herbeigesehntes Zuhause betritt und von unerklärlicher Trauer befallen wird. Er will sich nicht eingestehen, daß er Sehnsucht nach dem Krankenhaus hat.

Ich habe einmal ein Interview mit einem ehemaligen Auschwitz-Häftling geführt. Erst heute ist ihm klar, daß seine allnächtlichen Träume vom Lager auch Träume von verlorener Heimat sind. Er bat mich, das nicht zu schreiben.
Ich bin Ende dreißig und arbeite als freier Mitarbeiter an einer Pariser Wochenzeitung. Das Niveau ist hoch, die Verkaufszahlen niedrig, das Honorar entsprechend.
Wie ich mich jetzt fühle?
In einem Filmdrehbuch würde ich zum Telefonhörer greifen und zwischen den Zähnen murmeln: Einfach mal ausspannen, abschalten.
Ich entschied mich, wie immer, wenn ich am Boden war, für beinharte Arbeit. Vielleicht wieder eine falsche Entscheidung. Sicher gibt es andere Möglichkeiten. Aufarbeitung und so. Aber ich bin ein Mann mit wenig Phantasie. Deshalb bin ich Journalist geworden.
Die große Politik sollte es sein.
Nach Zeiten der Demütigungen, kleinkarierter Schuldarithmetik empfand ich eine Gier nach Fakten. Nach Recherche. Standpunkten. Nach Welt.
Ich beschloß aktiv zu werden.
Auf einem Zettel notierte ich Themenkomplexe: Präsidentschaftswahlen ... Ausländerpolitik ... Chaos in Brüssel ... Kriegsschauplätze Bosnien, Tschetschenien ... Vorortreportagen. Big Frog würde meine Situation begreifen und mir helfen. Vielleicht beim Spesensatz ein Auge zudrücken.
Ich wechselte das Hemd.
Entschied mich für Rot.
Bandiera Rossa.

Dazu die Fliege. Synonym für den Draufgänger.
Ich suchte nach einem dem Anlaß entsprechenden guten Schluck. Ohne Erfolg. Die Regale unserer leicht kitschigen Kachelbar waren nach den monatelangen Attacken verödet.
Also mußte ich ein wirkungsvolles Zeichen für den Beginn eines neuen Lebensabschnittes mit »körpereigenen« Mitteln produzieren.
Das Ergebnis war ziemlich trostlos.
Ein forciert wirkendes Händereiben. Schlapp.
Besser gefiel mir schon der Fausthieb auf die Schreibtischplatte. Das war er.
Der effektvolle Aktschluß!

Big Frog hatte die üblichen Kuchenkrümel im Bart. Im Aschenbecher schwelte die Gauloise. Die EVIAN-Literflasche in Griffnähe.
»Ein melancholischer Journalist eignet sich nicht für große Politik, er eignet sich bestenfalls fürs Feuilleton!«
»Entschuldige, ich bin alles andere als melancholisch, ich bin top-fit.«
»... sagte der Mäuserich und schrie: Ich will die Katze vögeln!«
»Verbindlichen Dank für die selbstlosen Bemühungen, mich aufzubauen.«
»Sieh in den Spiegel, und du wirst mir Recht geben.«
»Aha, du willst mich mit dem KOPF DER WOCHE abwimmeln. Oder ES GESCHAH VOR ZWANZIG JAHREN.«
»Es gab Zeiten, da hättest du mir dafür die Füße geküßt.«
»Danke, Papa.«

»Ich habe eine Idee. Moment.«
Big Frog feuchtete den Zeigefinger an und langte mit traumwandlerischer Sicherheit in eine Zettelhalde. Von stoßweisem Pfiffeln begleitet, schien in ihm ein Plan zu reifen.
»Was hältst du davon, ein bißchen abzutauchen, ein bißchen Kundschafter zu spielen, all das in einem zauberhaften Ambiente ...?«
»Interviews mit zwölfjährigen Strichmädchen am Autobahnzubringer?«
»Siehst du, du bist nicht nur melancholisch, du bist zynisch. Und damit gemeingefährlich. Wenn du immer auf meine Ratschläge gehört hättest, säßest du heute auf meinem Stuhl.«
Big Frog nahm einen Schluck aus der EVIAN-Flasche, lachte erschöpft auf und verbrannte sich am glühenden Filter seiner Gauloise den Zeigefinger.
»Du weißt, ich habe eine Nase für Stories. Wäre das nicht so, gäbs uns gar nicht.«
»Danke, Papa.«
»Spesenvorschuß an der Kasse. Keine großen Sprünge. Da unten ist Festivalzeit. Eskapaden gehen auf deine Kosten. Aber nicht verzagen, am Ende des Tunnels wartet der Festjob bei der UNO. Und sei es nur in der Pinkelbude. Aber hoppla, damit kannst du jetzt an die Börse gehen. Im ganzen Gebäude NO SMOKING. Alle kommen aufs Klo, um zu rauchen. Das boomt. Prost EVIAN! Hast du mal 'ne Zigarette? Und jetzt hör zu.«

Nichts war mit der großen Politik. Statt dessen ein Bericht über einen Zirkusmenschen!

Natürlich kannte ich Papin. Jeder kannte Papin. Alle wußten alles über ihn. Woher das plötzliche Interesse? Big Frog hatte sich mächtig ins Zeug gelegt. Sein Instinkt für gute Geschichten ist Legende in der Medienlandschaft. Also mußte was dran sein.
Es kursierten Gerüchte um Papin, um die großen Abstände zwischen seinen Auftritten. Eheprobleme. Alkohol. Therapien.
Dann hieß es wieder, er bereite einen sensationellen Coup vor. In aller Stille. Weit unten in der Provence. Dort sollte er jetzt irgendwo hausen.

Ich sitze im Coupé zweiter Klasse im Zug nach Aix en Provence. Ich beschließe, die Angelegenheit als Urlaubsreise mit gelegentlichen arbeitsbedingten Unterbrechungen zu behandeln.
Ich lehne mich im abgeschabten Kunstledersitz zurück. Vor den Scheiben eine regnerisch verhangene Landschaft. Die Fahrt würde lange dauern. Ich hatte mich reichlich mit Lesestoff versorgt. Saul Bellows MR. SAMMLERS PLANET. Ein paar Schwarten aus der Bibliothek über Hochseilartistik. Kopien von Artikeln über Auftritte Papins aus dem Archiv ...
Ich erfahre, daß ACROBATES Zehenläufer heißt, also Seiltänzer; schon 1350 vor der Zeitrechnung Seiltänzer auf Vasen und Fresken verewigt wurden; Plinius von Elefanten berichtete, die auf dem Seil gehen. In der Nürnberger Stadtchronik heißt es Anfang des 16. Jahrhunderts über französische Seiltänzer: »... ein gar kostlicher maister. Item, er ging auch, Kugeln an den Füssen gepunden, darauf. Item, er ging auch auf scharfem Schermesser darauf. Item auch in vollem

plecharnasch. Item, er tat auch so kostlich totenfreisprung für sich und hinter sich und den aftensprung und den vischsprung und sprung durchs vierhalb aimrig raiflein und totsprung über degen; man must im an ersten einer ein funferlein geben, ging drei tag drauf.«

Was sind schon drei Tage?

Der französische Artist Henry Rechatin, genannt Henry's, verbrachte sechs Monate auf dem Seil. Seine Tochter Corine wurde dort geboren und getauft.

Blondin überquerte am 30.6.1859 die Niagarafälle auf dem Seil. Bei späteren Auftritten tat er das mit verbundenen Augen, auf Stelzen, mit einem Mann auf den Schultern.

Die sagenumwobene Madame Saqui, zu deren Verehrern kein geringerer als Napoleon zählte, antwortete einem Marschall, der angesichts des stürmischen Wetters des Kaisers Wunsch nach Abbruch der Vorstellung überbrachte: Kommandieren Sie Ihren Soldaten, aber nicht einem Weibe!

Philippe Petit, einer der größten Lebenden. Sein sensationeller Gang zwischen den Türmen von Notre Dame. Heimlich bei Nacht und Nebel hatte er mit ein paar Freunden die streng verbotene Aktion vorbereitet. Bevor er zur besten Kirchzeit aufs Seil trat, steckte er ein Kartenspiel in die Tasche. Nach dem Grund gefragt, antwortete er: »Ich werde mit Sicherheit verhaftet und lange Zeit im Gefängnis zubringen müssen. Um mir dort die Zeit zu vertreiben, brauche ich das Kartenspiel.«

In seinem Buch TROIS COUPS schreibt er: Die Begrenzung der Möglichkeiten gibt es nur in den Seelen derjenigen, die nicht träumen können.

Und schließlich Papin. Euphorische Berichte. DER POET AUF DEM SEIL ... DER MAGIER DER LÜFTE ... VIVE LA FRANCE – VIVE LE PAPIN ...

Die Auskünfte zur Person sind eher dürftig. Alter Mitte vierzig, verheiratet mit seiner Partnerin Teresa. Der letzte Auftritt vor zwei Jahren. Und immer wieder Rücktrittsgerüchte. Auf dem Foto ein kantiger Schädel in noch jugendlichem Alter mit auffallend hellen Augen. In grimmiger Artistenpose.

Beim Zugkellner bestelle ich eine halbe Flasche Beaujolais und lese weiter.

Von der Knie-Familie, den Farrel Brothers, Michel Menin, den Montis, der Winn-Truppe.

Ich habe großen Respekt vor Hochseil-Artisten. Mir schwinden schon die Sinne beim Blick übers Treppengeländer.

Schräge Regenfahnen an den Fensterscheiben erinnern mich an den Urlaub in der Bretagne. Clarisse hatte von einer Tante ein Cello geerbt und übte den ganzen Tag. Es war grausam.

Ein Mann räuspert sich neben mir. Sein feuerrotes Haar sieht aus wie eine Pudelmütze, er hat kohlschwarze Äuglein und trägt einen zimtfarbenen Anzug.

Mein höfliches Lächeln als Einladung mißverstehend, schnarrt er: »Verzeihen Sie die Indiskretion, Monsieur, gestatten Sie eine Frage?«

»Wenn Sie mir versprechen, nicht vom Finanzamt zu kommen, schießen Sie los.«

»Ich beobachte Sie geraume Zeit. Wie Sie lesen, sich Notizen machen. Bewege ich mich vollends im Tal des Irrglaubens, wenn ich vermute, daß Sie Schriftsteller sind?«

»Zuviel der Ehre, ich bin Journalist.«
»Warum diese Bescheidenheit? Der Journalist hat heutigentags weit mehr Einfluß als der Literat. Und sei der auch noch so bedeutend. Der Journalist hat täglich Umgang mit seinen Lesern, ist ständig ansprechbar, kann unmittelbar reagieren. Er hat Macht. Er hat Verantwortung. Der Literat hingegen bleibt in der Ferne. Bis auf eine monatliche Lesung in einer verstaubten Bibliothek vor zwanzig, dreißig mehr oder weniger vom Leben Betrogener, hat er keinen Kontakt. Seine Existenz ist eine abstrakte. Der Adel, der den Berufsstand umgibt, ist sein Makel. Wie heißt es so schön, Adel verpflichtet, Verpflichtung heißt Einschränkung, sprich Reduzierung.«
»Idealisieren Sie meine Arbeit nicht. Ich mache einen Job. Das ist alles.«
»Monsieur, ich weiß, wovon ich rede. Sämtliche Etagen des Hauses DAS GESCHRIEBENE WORT, ich kann das mit Fug und Recht behaupten, sind mir vertraut. Vom Kreuzworträtsel über Lokales, Sport bis hin zum 600-Seiten-Roman, nicht zu vergessen das Gedichtbändchen, in allen, um beim Bilde zu bleiben, Zimmern bezog ich im Laufe meiner bewegten Vita Stellung. Meist activa, mitunter contemplativa. Also: Tout comprendre c'est tout pardonner.* Und zu allem Überfluß heiße ich Schreiber. Pascal S. Schreiber. S steht für Silvain. Schreiber. Nomen est omen. Genug der Fachsimpelei. Ich möchte Ihnen helfen. Ich werde Ihnen ein exorbitantes Angebot machen. All denen, die ihr Leben, froh oder unfroh, dem Dienste am geschriebenen Wort gewidmet haben,

* franz. »Alles verstehen heißt alles verzeihen.«

legt Pascal S. Schreiber, S. steht für Silvain, ein eminent wichtiges, eminent hilfreiches, eminent weitgefächertes, bald unentbehrliches Nachschlagewerk auf den Schreibtisch. Wir vergegenwärtigen: Lähmendes Brüten über jungfräulichem Weiß des Bogen DIN A Vierio, lediglich gezieret mit der Seitenzahl 1. Da, jählings kreißender Quellfluß beglückender Inspiration und gleichermaßen Lähmung! Inspiratio interrupte. Der Grund: Es fehlt ein Zitat, es fehlt ein melodiöser Frauenname, es fehlt die Bezeichnung für eine elegante Speise, den Rotwein, den Cognac, die Früchte, Pflanzen, ein Straßenname, der Name einer Parkanlage in einer der Weltstädte, einer Bucht, eines Flusses, Sees, Canyons, eines großkalibrigen Revolvers, Pfeifentabaks. Kurzum das, was qualitätvolle Lektüre ausmacht. Authentizität, Unverwechselbarkeit, Hautnähe. In derlei kritischen Situationen, oft Sekunden existenzieller Entscheidungen, Sein oder Nichtsein eines Werkes, steht endlich ein zuverlässiger Freund zur Seite. Ein Fährmann über die Strudel der Bildungslücken, das Tor im Limes zum Reich der Unsterblichkeit: DER GROSSE SCHREIBER. Das Nachschlagewerk für markante Parfümsorten, führende Modehäuser, Fisch-, Vögel-, Wildarten, Personenbeförderungstarife, Krankheiten von Angina bis Zitzenröteln …«

»Entschuldigung, was steht im GROSSEN SCHREIBER über Hochseilartistik?«

»Pardon, derzeit oder Historia?«

»Sagen wir Historia.«

»Der Dichter Terenz klagt 160 vor der Zeitrechnung bei der Premiere seines Stückes ›Hecyra‹ darüber, daß sein Publikum in Scharen die Stätte wegen einer

›Seilgängertruppe‹ auf dem Marktplatz verlassen hatte.
Möchten Sie den GROSSEN SCHREIBER kaufen, Monsieur?«
»Und über Papin?«
»Einer der größten lebenden Seilakrobaten. Begründer der ECOLE POÉSIE. Arbeitet auch als Komponist und Instrumentalist. Berühmt sein DANSE DE PHALÈNE. Der Tanz des Nachtfalters. Papin balanciert und spielt die Querflöte. In den letzten Jahren lebt er zurückgezogen. Er leidet wohl an einer unheilbaren Krankheit. Tumor oder AIDS. Was ist Monsieur? Kaufen Sie den GROSSEN SCHREIBER?«

Es gibt Tage, da mir Regen und wolkenverhangener Himmel lieber sind als absichtslose Sonnenstrahlen.
Aix bietet Sonne bis zum Abklopfen.
Gegen Abend wird es erträglicher.
Die Luft ist warm, nicht heiß. Das Licht in den engen Gassen scheint von Kerzen zu stammen. Die Farben sind mild abgestimmt. Von geradezu saugender Intensität.
Ich bin kein Mensch, der viel mit Poesie anzufangen weiß. Geschweige denn in ihren Kategorien empfindet. Ich sehe mich eher nüchtern, pragmatisch. Vielleicht eine Spur zu genau. Barocke Genußfreude ist mir fremd. Auch Spontaneität, was übrigens ewiger Anlaß war für Streitigkeiten mit der intuitiv, ich nenne das: schlampig lebenden Clarisse.
Ich sitze auf einem operettenhaft niedlich gefertigten Korbstuhl. Unter der zitronengelben Markise des Cafés BLUE VALSE.

Ich gebe mir Mühe, den Nachmittag zu genießen. Obwohl ich Eis nicht mag, hatte ich CALIFORNIAN NUGGETS bestellt. Als wollte ich mir keine Verletzung der Etikette zuschulden kommen lassen. Wie der Goi in der Synagoge Jad Vaschem mit seiner Kopfbedeckung. Um mich die bekannten Accessoires einer Stadt im sommerlichen Midi: Die Cafés, die malerischen Auslagen der Geschäfte. Über allem der schwere Duft des blühenden Oleanders. Die lauten Stimmen der Touristen. Aus den Fenstern der Sommer-Hit des Lokalmatadors Paul Renard INDIAN SUMMER.

Marie, du warst mein Kartoffelfeuer
Marie, du warst mein eau de feu
Marie, du warst mein Cadmiumrot
Mein Sarg, meine Wiege.
Mein Juli, mein Februar.

Marie, halt den Zug an
Marie, rauch eine Zigarette
Trink den Chablis
Und vergiß deine Kampfparole
Mutti will heute nicht.

Marie, wo ist unser Lied?
Marie, wo ist unser Chaos?
Marie, wo ist unser Morgen?
Unser Cadmiumrot ist so grau
Deine Lust – hinter Glas.

Marie, deine roten Krallen – Rührlöffel
Deine Haare frisch vom Friseur

Deine Beine nur noch standhaft
Deine Lippen ein einziges Minus
Marie, halt den Zug an.

Marie, sieh den Hügel aus Samt
Rieche lustvoll erste Fäulnis der roten Blätter
Lausch dem Valet der ziehenden Vögel
Sing unser Lied, Marie
Und reich mir meinen Chablis.

In der Stadt herrscht Festivalstimmung. Fahnen, Plakate, Girlanden. Umzüge von Gauklern, Pantomimen, Stelzenläufern.
Ich genehmige mir einen Tag Urlaub. Überall halte ich meine Nase hinein, möchte von der Leichtigkeit abbekommen.
Heraus kommt etwas Mimikry. Versteh das einer.
Für meine Ohren ist alles ein bißchen zu laut. Für meine Nase ein bißchen viel Hammel. Die Frauen ein bißchen zu fett. Die Männer ein bißchen zu selbstverliebt.
Irgendwann finde ich mich wieder im finsteren Winkel eines verräucherten Mini-Bistros beim Studium des Sportteils im FIGARO.

Marie, wo ist unser Lied
Marie, wo ist das Chaos?
Marie, wo ist unser Morgen
Unser Cadmiumrot ist so grau
Deine Lust – hinter Glas.

Schließlich bin ich nicht zu meinem Vergnügen hier.
Ich rufe nach dem Kellner.

»Monsieur, ich nahe wie Kanonenaufschlag von Marie Pierce!« keucht der Mann mit dem birnenförmigen, akneübersäten Gesicht.
Daß sie einem immer so nah auf die Pelle rücken mußten.
»Was wissen Sie von Papin?«
»Papin, LE POÉT DE LA CORDE? Oh, er ist wunderbar, er ist grandios, er ist Frankreich, er ist die Liebe!«
»Er lebt hier?«
»Natürlich. Schon einige Zeit. Und jetzt tritt er auch wieder auf. Nachts, großer Galaauftritt unter Scheinwerfern über dem Wasser. Sein Programm heißt MARIO UND DER ZAUBERER. Nach dem Roman unseres großen provenzalischen Dichters Alphonse Daudet.«
»Thomas Mann.«
»Was meinen Monsieur, welcher Thomas?«
»Schon gut. Wo tritt er auf?«
»Ein Thomas tritt in Aix nicht auf.«
»Verdammt nochmal, ich meine Papin!«
»Pardon, nicht hier in der Stadt. Die Stadt ist zu eng für einen Titanen. Draußen, über dem Wasser, unter dem Sternenhimmel der Provence ... Papin ist groß ... Papin ist ...«
»Wo genau tritt er auf?«
»Ich weiß es nicht. Ein paar Kilometer in Richtung Vauvenargues, an der D 10.«
»Waren Sie noch nicht dort?«
»Nein, ich habe keine Zeit.«
»Haben Sie Papin schon einmal gesehen?«
»Nein, ich habe keine Zeit.«
»Was erzählt man sich über Papin? Was ist er für ein Mensch?«

»Oh, ein wunderbarer Mensch. Provenzale durch und durch. Gut, hochherzig, charakterstark.«
»Er ist hier geboren?«
»Ich weiß nicht.«
»Gibt es keine Geschichten? Trinkt er? Mein Gott, er kann doch nicht nur der POÉT DE LA CORDE sein. Irgendwann muß er doch mal Feierabend haben?«
Der Mann blickt sich besorgt um.
»Kommen Sie von der Polizei?«
»Nein, ich bin Regisseur. Wir möchten einen Film über Papin drehen. Strengen Sie sich an, vielleicht kommen Sie auch vor die Kamera. Erzählen Sie von Papin.«
Ich klemme einen Geldschein unter den Bierdeckel. Das bringt den Regenwurm in Wallung.
»Man erzählt, daß Teresa, seine schöne Frau, eigentlich ...«
»Einen anderen hat?«
»Nein, nein, das nicht. Daß sie keine richtige ...«
»Artistin ist?«
»Im Gegenteil. Sie ist großartig, phänomenal, eine echte Provenzalin. Sie tanzt graziös und wird von ihm auf Händen getragen und ...«
»Na was nun, machen Sie's nicht so spannend.«
»Ich meine, sie soll keine SIE sein.«
»Also ein Mann.«
»Das nicht gerade, eher ... ein Mann ohne einen Monsieur, verstehen Sie?«
»Ein Transvestit?«
»Das nicht! Was denken Sie von mir, Monsieur!«
Aus irgendeinem Grund scheint er plötzlich tief beleidigt und rauscht davon.

Als Arbeiter fürs Grobe bin ich gewohnt, auch den kleinsten Hinweisen nachzugehen.
Im Verlauf der nächsten Stunde entsteht an der Theke Unruhe. Gäste haben sich versammelt. Man tuschelt. Die Blicke gehen immer wieder in meine Richtung. Man telefoniert. Das Küchenpersonal kommt neugierig heraus und starrt mich schweigend an. Irgend etwas braut sich zusammen.
Ich ziehe es vor, zu bezahlen. Der Kellner baut sich bedeutsam vor mir auf. Wie der Seminarist im Examen blökt er: »Ich lehne ab!«
»Entschuldigung, was lehnen Sie ab?«
»Mit Ihnen zu arbeiten. Das Ganze ist mir zu heiß. Außerdem habe ich keine Zeit.«
»Ich verstehe kein Wort.«
»Ich sage Ihnen doch, ich trete nicht auf!«
»Bei Papin?«
»In Ihrem Film! Das ist mir zu heiß. Das sagt auch Mama: ›Plötzlich drehen sie dir das Wort im Munde herum, und du bist drin, im Strudel.‹ Nein danke. Definitiv. Außerdem, ich müßte mir erst die Zähne machen lassen. Das dauert. Bestimmt eine Woche. Wenn Sie dann noch einmal vorsprechen. Danke fürs Trinkgeld. Au revoir, Monsieur.«

Ich nehme ein Zimmer im LE COQ DE BRUYÈRE. Mit einem Trinkgeld gelingt es mir, an der Rezeption zu günstigen Konditionen einen Renault zu mieten. Damit ist die Arbeit für den heutigen Tag getan.
Eine Stunde halte ich es im NEW ORLEANS aus. Dann gehe ich spazieren und lande wie unter magischem Zwang wieder auf meinem albernen Korbstühlchen.

Ich trinke Bier. Es schmeckt scheußlich.
In den Häusern Licht. Menschen lachen. Musik.

Marie, halt den Zug an
Marie, rauch eine Zigarette
Trink den Chablis
Und vergiß deine Kampfparole
Mutti will heute nicht.

Vielleicht liegt es an dem zu engen Korbstühlchen, daß meine Laune so miserabel ist.
Ich bin THE OBSERVER.
Warum das Lamento?
Ich bin leidlich gesund. Habe eine gute Arbeit. Die mir Spaß macht. Hin und wieder.
Zugegeben, ich bin ein bißchen gerupft. Aber motiviert.
Voller Neugier auf Leben. Auf Menschen. Ihre Geschichten.
Ich bin THE OBSERVER.
Wenn andere tanzen, bin ich der, der abseits steht. In Gedanken bereits formulierend.
Der Mann mit dem Feldstecher. Auf seinem Hochsitz.
THE OBSERVER.
Sicher bin ich schlecht in Form, weil ich heute nicht gearbeitet habe. Meine Soldatendisziplin verlangt, daß man tätig zu sein hat. Kein Tag ohne Kontur.
NULLA DIES SINE LINEA.
Woher kommt das Gefühl, etwas verloren zu haben?
Ich habe nichts verloren. Im Gegenteil, ich habe gewonnen. Freiheit.
Warum das Lamento?

Marie, sieh den Hügel aus Samt
Rieche lustvoll erste Fäulnis der roten Blätter
Lausch dem Valet der ziehenden Vögel
Sing unser Lied, Marie
Und reich mir meinen Chablis.

Meine Probleme am nächsten Morgen sind selbstherrlich manövrierende Reisebusse und die sperrige Krückenschaltung des Renault. Ansonsten geht es mir leidlich. Nach dem Frühstück mit Eiern und Milchkaffee steigert die Lektüre einer vernichtenden Kritik des Romanerstlings meines früheren Chefredakteurs meine Laune ungemein: Ich kaufe einen albernen Leinenhut. Zeichen eines Neubeginns oder der Versuch, in eine Rolle zu schlüpfen? In die Rolle des Detektiv. Des V-Mannes?
Oder vielleicht doch erste Einflüsse provenzalischer Mentalität.
Noch ein paar Tage in diesen Breiten und ich werde anfangen, Gedichte zu schreiben. Eine beklemmende Vorstellung.
Nach den Hinweisen sollte ich die Landstraße nach Vouvernargues benutzen. Der Weg ist nicht zu verfehlen. Überall stoße ich auf Plakate und Hinweisschilder zu Papins Auftrittsort. Der akneübersäte Kellner aus dem nächtlichen Bistro hatte nicht nur die Dichtergrößen durcheinandergebracht, er hatte auch beim Titel der Veranstaltung gepatzt. Er lautet MARIE UND DER ZAUBERER. Marie wurde sicher vom Transvestiten Teresa gegeben. Man würde sehen.
Rechts und links der Landstraße Olivenhaine, Baumheide, Zistrosen. Am Horizont Berge, Felsenkonturen. Irgendwann müßte Wasser kommen, wenn man

wenigstens dieser Information Glauben schenken konnte.
Bei der ersten Rast bewährt sich die Neuerwerbung, der lächerliche Schlapphut. Mein in den letzten Jahren dramatisch gelichtetes Kopfhaar hätte gegen die Mittagssonne wenig ausrichten können.
Mein Plan ist klar.
Ich würde erst einmal Papins Camp besichtigen. Aus der Distanz. Mich mit der Örtlichkeit vertraut machen. Und heute abend die Vorstellung besuchen.
Sämtliche Dinge, die sich in einem Auto nicht bewegen sollten, betreiben das in meinem Renault. Ständig muß etwas festgehalten, an den angestammten Platz zurückbefördert oder eingesammelt werden. Erleichterung verschafft endlich die Entdeckung zweier scheppernder Bierdosen unterm Vordersitz. Ich stopfe sie in die Türtasche. Neue Geräusche, nun kann ich das Klappern der Fensterkurbel hören. Das war durch die Bierdosen vorher untergegangen.
Auf einem Hinweisschild: PAPIN JARDIN DE MAGICIEN 25 KM.
Vergeblich versuche ich, das vertraglich zugesicherte Radio ausfindig zu machen. Endlich gelingt es. Verschmort ist es und völlig verdreckt. Ich hatte es für den Aschenbecher gehalten. Nach der Betätigung des Drehknopfes entlocke ich ihm tatsächlich Töne. Jemand singt. Natürlich Paul Renard. Wer sonst?

Marie, du warst mein Kartoffelfeuer
Marie, du warst mein eau de feu
Marie, du warst mein Cadmiumrot
Mein Sarg, meine Wiege.
Mein Juli, mein Februar

Die Landschaft wird hügeliger. Baumheidefelder weichen Maquisbüschen. Hier und da Pinien. Die Hitze im Renault ist trotz geöffneter Fenster unerträglich. Am Ende des breiten Feldweges endlich ein kunstvoll gestaltetes Tor. Wie zur Bonanza-Ranch. PAPIN JARDIN DE MAGICIEN.
Wurzeln, bizarr gewachsene Zweige, gesägte Baumscheiben, getrocknete Blumen und Gräser bilden eine Art Triumphbogen. Zwischen den Zweigen Figuren: Fabelwesen mit bunten Federn und glühenden Augen, Drachenköpfe und regenbogenfarbige Riesenblüten.
Ich parke den Renault auf einem leeren Platz und beginne meine Erkundung. Ein breiter, aufgeschütteter Weg führt unter dichtbelaubten Steineichen nach etwa fünfzig Metern zu einem arenaartigen Platz. An den Hängen mir gegenüber sind Sitzreihen installiert. Auf dem Platz Stahlmaste. In etwa dreißig Metern Höhe das Seil. Gleißend in der Mittagssonne. Links von mir schwingt es sich hoch bis zu einer Burgruine über einen in die Tiefe stürzenden Wasserfall. Die Anlage wirkt nüchtern, irgendwie industriemäßig. In einem Taleinschnitt, versteckt hinter hohen Sichtblenden, die Wagenburg der Artisten. Kinder aus einem hellblauen Reisebus wuseln um die Maste herum. Sonst ist niemand zu entdecken. Der Platz glüht in der Mittagssonne.
Ich blicke mit Respekt auf das gespannte Seil und klettere zwischen den Sitzbänken den Hang hinauf. Im Schatten einer Schirmpinie huschen Eidechsen über den heißen Kalkstein. Die Zikaden im flachen Zypressengehölz schreien, als gälte es, einen Wettbewerb zu gewinnen.

Hier oben habe ich einen ausgezeichneten Überblick: Links, in einer Senke versteckt, das Artistencamp, rechts die Burgruine, vor mir das Seil, der Eichenhain, der Parkplatz mit dem verloren wirkenden Renault und die im Mittagsdunst flimmernde Landstraße nach Aix.

Die Plastiksitze am Hang, die hermetisch abgeriegelte Wagenburg, die Maste der Seilanlage, überall Schilder BETRETEN STRENG VERBOTEN, BERÜHREN VERBOTEN – LEBENSGEFAHR. DIE ANLAGE WIRD ELEKTRONISCH ÜBERWACHT. Die Burgruine wirkt wie ein Fremdkörper. Funktional, hingestellt. Als Halt für das Seilende.

Und über allem der weiß glühende Sonnenball.

Anmaßend, dieser Versuch, in eine spröde, in sich ruhende Landschaft eine Zirkusveranstaltung hineinzupflanzen.

Der in die Mittagsglut startende Provence-Sperling fordert mir mehr Respekt ab als das Bemühen, mit einer Balancierstange auf einer metallenen Wäscheleine das Gleichgewicht zu halten.

Ich mache mich an den Abstieg.

Die Kinder sind mit ihrem Reisebus verschwunden. Hinter den Sichtblenden im Artistencamp kein Lebenszeichen. Ein einsames Flugzeug kratzt weiße Bahnen in den blau-gläsernen Himmel.

Ich beschließe, den Spaziergang abzubrechen. Ich muß mich auf den Abend vertagen.

NULLA DIES SINE LINEA.

Papin hatte auf seinen Plakaten nicht zu viel versprochen.

In der schwülen Nacht, die Sonne schien nur kurzzeitig zum Mond umfunktioniert worden zu sein, erlebe ich ein furioses Spektakel.
Auf dem kunterbunt illuminierten Platz Keulenwerfer, Feuerschlucker, Spielleute, allerlei dressiertes Getier. Im prasselnden Fackelschein verkaufen Mädchen in langen Röcken Met und Honiggebäck, Fladen und kandierte Früchte. Auf der romantisch beleuchteten Burgruine schmettern Ritter in blitzenden Kürassen Fanfaren. Überall Musik, Fahnen, Girlanden, bunte Bänder. Es riecht nach Gebackenem, würzigen Kräutern, verbranntem Pech. Die Menschen strömen ununterbrochen aus offenen, fackelbestückten Fahrzeugen. Statt Eintrittskarten gibt es farbige, grobgewirkte Stirnbänder. Eine vielversprechende Ouvertüre.
Wo bleibt Papin?
Der Platz scheint überzuquellen, eine einzige Spielwiese. Theater und Rummelplatz in einem. Wer ist Zuschauer, wer Akteur?
Wo bleibt Papin?
Trotz meiner OBSERVER-Position hoch oben unter dem Pinienschirm kann ich mich dem Zauber der Bilder nicht entziehen. Ich spüre eine lustvolle Spannung. Wie als Kind beim dritten Gongschlag im Getümmel des Sonntagskinos kurz vor dem sehnsüchtig erwarteten Indianerfilm.
Plötzlich steht er auf dem Seil. Wie aus einem Kometenschweif aus dem Nachthimmel katapultiert.
In vielfachem Strahlenbündel der Scheinwerfer steht er ruhig und vollkommen entspannt. Papin.
Das Gesicht weiß geschminkt. Schlichtes Harlekinkostüm. In der Hand eine Rose. Er steht unbeweg-

lich, nicht starr. Eher selbstverständlich. Die Musik ist verstummt. Die Menschen scheinen den Atem anzuhalten. Wie im Dornröschen-Märchen.
Plötzlich, fast eine Erlösung, peitscht Musik hoch, die Scheinwerferstrahlen taumeln, Lichträder rasen. Das Leben beginnt.
Papin vollführt an Bungee-Seilen Riesensprünge diagonal über den Platz. Mit präzisen Landungen auf dem Seil. Alles wirkt bei ihm wie ein Zitat, leicht hingeworfen. Anmutig und beiläufig, beinahe wegwerfend, verschwenderisch.
Die Menschen können sich einbezogen und damit selbst als Könner fühlen. Berauscht starrt eine gläubige Gemeinde in den Nachthimmel. Für zwei Stunden vom Alltag befreit. Unterschiedslos, klassenlos. Für zwei Stunden selig vereint, einem König huldigend. Und der König gewährt Audienz.
Auf Papins Aufforderung lassen sich Besucher über das Seil tragen. Zu ihrem Entschluß angespornt durch die scheinbar mühelose Darbietung Papins. Erst in luftiger Höhe holt die Angst sie ein.
Und dann der Auftritt Maries.
Auf der erleuchteten Zinne der Burgruine steht sie. Erscheint so plötzlich und überraschend wie Papin zu Beginn. Schön und fern.
Harlekin beginnt sein Werben zu melancholischen Lautenklängen. Lyrisch, dann wieder derb kontrastierend, erzählt er die uralte Geschichte von den Königskindern.
Behutsam nähert er sich Marie, weicht zurück, wagt erneut ein paar zögernde Schritte.
Kurz vor dem Ziel scheint ihn plötzlich der Mut zu verlassen. Marie steht regungslos. Dann hebt sie

leicht die Hand. Ermuntert sie ihn, weist sie ihn zurück?
Enttäuscht sinkt Harlekin in sich zusammen. Legt beide Hände auf das Seil und stemmt den Körper in den Handstand.
Im weiten Rund ist es still geworden.
Mit schmerzender Langsamkeit legt Harlekin hoch oben über dem Wasser die letzten Meter zu Marie auf den Händen laufend zurück. Als er sein Ziel fast erreicht hat, beginnt der Körper zu schwanken. Die Hände greifen ins Leere. Spitze Schreie im Publikum. Aber er fängt sich kurz vor dem Absturz. Hockt erschöpft auf dem Seil.
Marie beugt sich ein wenig vor, setzt den Fuß nach vorn, den anderen nach, zwei, drei zaghafte Schritte, und sie steht bei ihm, reicht ihm helfend die Hand. Beide finden sich in einer langen Umarmung.
Jagend setzt die Musik ein, Harlekin nimmt seine Marie auf die Arme, stürmt in atemberaubendem Tempo hinunter bis über die Festwiese.
Das Publikum tobt begeistert.
Marie tanzt, und Harlekin begleitet sie mit seinen grandiosen Bocksprüngen.
Ekstatische Musikkaskaden, verwirrende Lichtmäander, auf der Wiese das tanzende Volk. Feuerwerk am kochenden Nachthimmel, letzte Fanfarenklänge von den Burgzinnen. Glockenläuten. Ende.
Lange bleibe ich unter meiner Pinie sitzen. Ich warte, bis die Menschenströme sich verlaufen haben.
Hatte ich geträumt?

Der Abend mit Papin hatte mich beeindruckt. Die artistische Meisterschaft, die Poesie der Geschichte, die sinnliche Kraft der furiosen Inszenierung hatten mich einen Künstler auf der Höhe seiner Kunst erleben lassen. Für meine Materialsammlung war das jedoch unbefriedigend. Es fehlte Reibung. Wo war der Konflikt? Das Überraschende. Hommagen an Papin waren unzählige geschrieben worden, warum also eine überflüssige hinzufügen?
Nichts von Krankheit, Krise, Rücktritt.
Ich beschließe, meine Recherchen auf Papins neuen Coup zu konzentrieren. Schließlich ist das Teil meines Auftrags. Vielleicht finde ich da den Ansatz.
Die abendlichen Auftritte dauerten bis tief in die Nacht. Kaum anzunehmen, daß Papin danach arbeitete. Eher am dahindösenden Vormittag, fern jeder Aufmerksamkeit. Dieser Zustand wird sich ab morgen ändern.

Um unbemerkt meinen Beobachtungsposten beziehen zu können, bin ich diesmal den Felsen von hinten angegangen. Dort entdecke ich einen zweiten Hügel. Er scheint mir geeigneter für die Beobachtung des Camps. Der Aufstieg gestaltet sich mühsam. Dichtes Gehölz, Lorbeer und Buchsbaum zwingen mich immer wieder zu Umwegen. Endlich habe ich es geschafft. Das Camp kann ich von hier oben sehen und bin bestens getarnt.
Der Himmel hat sich bezogen. Die Temperaturen sind im Vergleich zu gestern geradezu komfortabel. Um mich gegen unerwünschte Begegnungen zu wappnen, hatte ich mir Skizzenblock und Malzeug

zugelegt. Getarnt als Hobbymaler würde ich kein Mißtrauen erwecken. Außerdem hatte ich mich mit Lebensmitteln eingedeckt.
Vielleicht geht mein Plan auf. Geduld ist momentan mein Kapital.
Vorsichtig setze ich den Stift aufs Papier. Seit der Schulzeit mein erster Versuch.
Ein paar Alibistriche hätten für mein Rollenspiel ausgereicht. Aber wider Erwarten packt mich der Ehrgeiz. Die Striche beginnen Formen anzunehmen. Mutiger werdend, wage ich Schraffierungen, versuche durch Wischen mit den Fingern die Tönung des Himmels zu treffen. Mühe mich mit der Darstellung des Wassers, der Burgmauer.
Ich vertiefe mich mehr und mehr in die Arbeit, sehe nur noch Wolken, Schießscharten, Simse. Dabei hätte ich fast das Geräusch überhört. Es schien vom Hang hinter mir zu kommen. Vorsichtig befreie ich mich aus dem Berg der mißglückten Skizzenblätter und krieche, gut getarnt im Schatten der Büsche, ein paar Meter nach hinten. Von dort kann ich bis zum Fuß des Hügels hinunterblicken.
Etwa fünfzig Meter entfernt von mir steht ein Mann. Er pflückt Oliven, wirft sie in einen aschgrauen Jutesack. Er trägt ein schwarzes Barett und einen schwarzen Overall. Zwei Hunde winseln. Sie haben meine Witterung aufgenommen. Bei meinem morgendlichen Anmarsch war ich an zwei verlassenen Gehöften vorbeigekommen. Sie schienen unbewohnt.
Der Mann läßt sich durch die Hunde nicht ablenken. Er nimmt den Sack mit geübtem Schwung auf die Schulter und steigt höher. In meine Richtung. Er setzt den Sack ab und beginnt wieder zu pflücken.

IM RAUM
DER DUFT
N
ROCHAS TOCADE
P. R.

ICH BIN DER
OBSERVER.
P.R.

Seine Bewegungen sind sparsam. Ein Mann, verwachsen mit seiner Arbeit und seinem Boden. Ich werde versuchen, mit dem Einheimischen ins Gespräch zu kommen. Vielleicht ist er Papin begegnet, kennt ihn.
Ich machte mich bemerkbar. Winke. »Hallo!«
Der Mann schaut kurz auf und setzt seine Arbeit fort. Das wirkt nicht abweisend, hatte er doch kurz mit dem Finger den Rand der Mütze berührt. So begrüßt man einen Nachbarn, den man lange kennt.
Um ähnliche Gelassenheit bemüht, klettere ich zu ihm herab. Kurzer Blick. Er sagt etwas, ich verstehe ihn nicht. Ich bitte ihn um ein paar Auskünfte über die Gegend. Er nickt und pfeift die Hunde zurück, die sich an meinen Hosenbeinen zu schaffen machen.
»Vielleicht setzen wir uns oben unter die Bäume. Dort habe ich mein Malzeug und einen kleinen Imbiß.«
Mein Gegenüber nickt und pflückt weiter. Sorgfältig mustert er die Früchte, ehe er sie in den Sack wirft.
»Kann ich helfen?«
»Danke. Nicht jedermanns Sache.«
Die Abfuhr ist deutlich. Ich weiß nicht, wie ich mich verhalten soll. Hat er meine Einladung akzeptiert?
»Ich gehe dann wieder an meinen Platz.«
Oben packe ich die Fourage aus und drapiere Huhn, Gurken, Thunfisch und Kuchen im Gras. Möglichst einladend.
Mit dem Mineralwasser werde ich eine Pleite erleben. Eine Einladung ohne Wein ist in dieser Gegend nicht Gedankenlosigkeit, sondern ein faux pas.
Ich warte.
Ich zeichne.

Verstohlen schicke ich Spähblicke den Hang hinunter. Der Olivenpflücker hatte zum nächsten Baum gewechselt. Mit wiegendem Gang.
Ich wage nicht, mich erneut bemerkbar zu machen.
Auf der Hochseilanlage vor mir herrscht Friedhofsstille.
Der Himmel ist dunkel wie zur Stunde der Kreuzigung.

Prinzlein, Prinzlein
Weck die Muhme
Die Katze ist weg
Der Mond im Bett

Ich schrecke hoch.
Vor mir steht der Olivenpflücker.
»Entschuldigung, ich war eingenickt.«
Die Hunde lecken an meinen Händen.
»Nehmen Sie Platz. Bedienen Sie sich. Ich habe leider keinen Wein.«
»Das macht nichts.«
Er spricht den runden, provenzalischen Dialekt.
»Sie sind aus Paris?«
»Ja. Ein bißchen Urlaub ...«
»Sie sind Künstler?«
»Bewahre. Nur ein Hobby.«
Seine Fragen klingen nicht sonderlich interessiert.
Als stellte er sie zum wiederholten Mal.
Er bricht das Brot auseinander und reicht mir eine Hälfte.
»Ein provenzalisches Lied?«
»Ein Kinderlied aus der Camargue.«
»Und jetzt ist die Muhme aufgewacht.«

Ich bin nicht sicher, ob er den zaghaften Witz verstanden hat. Jedenfalls zeigt er keine Reaktion.
Wir schweigen.
Er hebt den Becher aus Pappe und sagt: »Willkommen.«
»Danke. Auf Ihre schöne Gegend ...«
Die Pappbecher geben beim Anstoßen einen scharrenden Laut von sich.
»Wie heißen Ihre Hunde?«
»Der kleine Flic, die Retriever-Hündin Ballü.«
»Wie der Berg?«
»Richtig.«
»Hat dieser Berg hier einen Namen?«
»Er heißt DER BERG EINES LEBENS.«
»Klingt poetisch. Es gibt eine Geschichte dazu?«
»Die Legende von Phoebe und Cecile.«
»Erzählen Sie.«
»Ritter Bertrand hatte einen Sohn, Cecile. Der liebte die Schäferstochter Phoebe. Sie wollten heiraten. Vater Bertrand wünschte, daß der Sohn Elisabeth von Avignon ehelichen sollte. Aber Cecile blieb standhaft. Phoebe oder Tod.
Zornig warf Bertrand den Ungehorsamen in den fensterlosen Turm. Bei Wasser und Brot. Bis er bereit sein würde, die Gräfin zu heiraten. Cecile ließ sich in seinem Entschluß nicht beirren. Er faßte den Plan, sich aus dem Turm zu befreien. Er fing an zu graben. Sein getreuer Diener, der ihm jeden Tag Wasser und Brot brachte, schaffte mit seiner Schubkarre die Erde unbemerkt aus der Burg hier heraus.
Cecile schuftete Tag und Nacht. Er gönnte sich kaum Schlaf. Durch Steine und Wurzelwerk quälte er sich unter der Burgmauer, unter dem Flußbett hindurch.

Endlich hatte er es geschafft und kroch aufs freie Feld. Lange dauerte es, bis sich seine Augen an das Sonnenlicht gewöhnt hatten. Über Zäune, Wiesen, Felder stürmte er zu seiner geliebten Phoebe in die Schäferei. Er hatte Glück. Phoebe stand im hellen Kleid im Obstgarten und pflückte Äpfel. Cecile fiel ihr um den Hals und jubelte: ›Meine geliebte Phoebe, ich bin frei!‹

Phoebe schrie auf: ›Geh weg, alter Mann! Meine Mutter ist längst tot, mein Vater sitzt dort hinten im Lehnstuhl in der Sonne.‹«

Nach einer Pause sage ich: »Und der Berg ist der Sand aus Ceciles unterirdischem Gang in die Freiheit?«

»Er heißt BERG EINES LEBENS. Der Fluß, das sind Phoebes Tränen. Sie fließen noch immer.«

Der Olivenpflücker legt sich auf den Rücken.

Man kann gut mit ihm schweigen.

Wind kommt auf.

Der Himmel ist jetzt fast schwarz.

Erste, dicke Tropfen fallen.

»Es kommt ein Unwetter. Hier geht das schnell. Kommen Sie mit mir, hier oben kann es gefährlich werden.«

Er wartet nicht. Macht sich umgehend an den Abstieg. Hastig räume ich meinen Kram zusammen und folge gehorsam. Mit wiegendem Gang.

Das Tor zu Papins Camp ist weit geöffnet.

Ein Mann lädt von einem Kleintransporter Kisten ab. Als wir auf seiner Höhe anlangen, müht er sich an einer besonders großen.

Der Olivenpflücker setzt den Sack ab und zwängt sich unter die Last. Zu dritt wuchten wir das Ungetüm durchs Tor.
Ich beglückwünsche mich zu dieser Fügung.
Offensichtlich gab es keine Berührungsängste zwischen Artisten und Einheimischen.
In lockerem Kreis stehen etwa ein Dutzend Wohnwagen der Nobelklasse, ein paar Gerätewagen, Bulldozer und ein Autokran neben einem Werkstattzelt. Keine Romantik à la LA STRADA. Eher die Bauleitung einer Großbaustelle.
»Monsieur Papin! Eine Unterschrift!« ruft der Fahrer und wedelt mit seinem Lieferschein. Ich blicke gespannt auf die Tür des Wohnwagens. Nichts bewegt sich.
»Danke für die Hilfe. Wiedersehn.« Der Fahrer eilt zu seinem Fahrzeug.
Der Olivenpflücker dreht sich zu mir um: »Entschuldigung, ich habe mich nicht vorgestellt. Papin. Bin der Häuptling dieser Wigwams.«
Er lacht und genießt meine Verblüffung.
»Sie heißen Bernard? Richtig?«
Doppelt verwirrt stottere ich: »Richtig ... Woher wissen Sie das?«
»Als Sie schliefen, habe ich natürlich Ihre Taschen durchsucht, um Ihr Geld zu stehlen. – Gustave!«
Er blickt sich suchend um.
»Gustave!« Diesmal mit Nachdruck. »Die Lebensmittel sind da. Wo steckst du?«
Er grinst mich an.
»Ich bin ein Magier, und Magier können immer ein bißchen hellsehen.«
Ich hatte mich wieder einigermaßen unter Kontrolle.

»Auf dem Einwickelpapier meines Lunch-Pockets haben Sie meinen Namen gelesen. Ich habe es mir ins Hotel bringen lassen.«
»Eins zu null für Sie. Gratuliere zur Reaktionszeit. Sie haben mit Schreiben zu tun. Richtig?«
»Wie kommen Sie nun darauf? Das steht nicht auf dem Lunch-Pocket.«
»Ich sag Ihnen doch, ich bin Magier ... Ich erkenne das an den Händen.«
»Ich arbeite als Regisseur.«
»O ha! Heute wohl nicht mein Tag. Der Regen wird stärker, gehen Sie schon in den LIPA. Ich bringe den Sack zum Küchenwagen.«
»LIPA?«
»Unser Wohnwagen. LIPA heißt auf polnisch Lindenbaum. Meine Frau ist Polin. Eine Erinnerung an ihr Heimathaus. Gehen Sie schon vor, Sie finden sich zurecht.«
Der Wohnwagen ist geräumig. Nirgends Klappstühlchen, Propankocher, geschweige denn Mief von schlecht gelüfteten Turnschuhen. Räume wie im Appartement eines Penthouses. Schlafzimmer, Bad, Wohnraum mit großzügiger Fensterfront. An den Wänden Bücher. Zwei abstrakte, großformatige Bilder von Vieira da Silva. Aquarelle mit Bewegungsstudien. Zahlreiche Erinnerungsfotos. Blumen. Wiesensträuße verbreiten angenehm würzigen Duft. Neben dem Schreibtisch ein Orangenbäumchen mit winzigen Früchten.
»Der ganze Stolz meiner Frau. Er trägt schon zum zweiten Mal.«
Papin hatte die Türe unbemerkt geöffnet.
»Teresa ist in der Stadt. Pressetermine und allerlei

Geschäftskram. So kann ich in Ruhe meine Oliven pflücken. Sie sind hier ausgezeichnet. Überreste einer Plantage. Wenn wir hier sind, lege ich immer einen Vorrat an. Das muß fürs ganze Jahr reichen. Was möchten Sie trinken? Wein oder Martini? Vielleicht Bier?«

»Bitte, ich möchte Sie nicht kränken, kein einheimisches. Kämpfe immer noch mit einem Schädeltrauma.«

»Logisch. In London trinkt man auch keinen einheimischen Wein. Was ist Ihre Lieblingsmarke. Ich tippe auf Jever.«

»Fahrkarte. Budweiser.«

»Heute wirklich nicht mein Tag. Vielleicht tut es ein deutsches Hofmark? Ich bin kein Experte.«

»Einverstanden.«

»Es dauert einen Augenblick, der Kühlschrank steht im Küchenwagen. Sehen Sie sich um. Es gibt keine Geheimnisse.«

Berufsbedingt haben sich bei mir drei Schwerpunkte für Beobachtungen in fremden Räumlichkeiten herausgebildet:

Schreibtisch, sofern vorhanden. Wird er, und wenn, wie wird er benutzt?

Bücher, sofern vorhanden. Werden sie, und wenn, wie werden sie benutzt?

Und schließlich ... Inhalt von Papierkörben und Mülleimern.

Das sind aufschlußreiche Visitenkarten.

In Badezimmern verspüre ich den Drang, Arzneischränke zu inspizieren. Ein höchst intimer Vorgang. Als schaute man einer Frau unter den Rock.

Gut, daß ich Papin nicht meinen richtigen Beruf ge-

nannt hatte. Die Vermutung, ein Schnüffler zu sein, darf nicht aufkommen. (Was heißt Vermutung?)
Die Buchtitel in den Regalen überraschen nicht: Jean Paul, Heine, eine auffällige Proust-Reihe, wenig Standards, keine Lexika, keine Naturwissenschaft. Dagegen überrascht die Entdeckung auf dem Schreibtisch: eine sorgfältig geschriebene Tabelle nebst aktuellen Ergebnissen der Deuxième division.

LE MANS - NANCY 0:1

ANGERS - ALÈS 3:0

MULHOUSE - MARSEILLE 0:1

GUEUGNON - NIORT 3:1 usw.

1. MARSEILLE
2. GUINGAMP
3. GUEUGNON
4. TOULOUSE
5. CHATEURAULT usw.

Die Handschrift eng, seltsam schwunglos, fast feminin. Papin ein Fußballfanatiker?
Die Hunde winseln vor der Tür. Der Wetterumschwung scheint sie nervös zu machen. Ich höre Papins beruhigende Stimme, setze mich rasch in den Sessel.
»Ich habe Ihnen drei Biersorten gebracht, Sie können noch wählen.«
Die nächste Überraschung: Papin trinkt Coca-Cola. Der kultivierte Rotweinkenner hätte besser gepaßt. Papin wirkt kleiner als auf dem Seil. Verletzlicher. Als hätte ich ihn zu einem Gespräch einbestellt, sitzt er mir höflich gegenüber.

Um etwas zu sagen, sage ich: »Ich habe Ihre Vorstellung gesehen. Ich war beeindruckt.«
»In welcher Vorstellung waren Sie?«
»In der gestrigen.«
»In Ordnung. Sie war sauber.«
Mir gefällt die Schlichtheit.
Ich muß an Boucaron denken, mein langjähriges Schreibtisch-Visavis, als ich noch fest in der Redaktion arbeitete. Er hatte es tatsächlich fertiggebracht, nach einer fünfwöchigen Weltreise, auf meine Frage wie es denn gewesen sein, in einer anderen Art von Schlichtheit zu antworten: »Schön.« Um niemals wieder eine Silbe darüber zu verlieren. Kein Wunder, daß er in der Trinkerheilanstalt in Strasbourg gelandet ist.
Die Wiesensträuße verbreiten einen herben Geruch. Vor den Fenstern das aufgeregte Zwitschern von Schwalben.
Das Bier schmeckt ausgezeichnet.
Ich fange an, mich wohlzufühlen, und danke meinem Herrgott für die glückliche Fügung, heute schon Papin gegenüberzusitzen.
»Mögen Sie Giora Feldmann?«
Ich fahre zusammen. Papins Stimme hatte in der Stille wie ein Bahnhofslautsprecher geklungen.
»Ich gebe zu, ich bin ein Banause. Der Name sagt mir nichts.«
Papin macht sich neben dem Schreibtisch an Geräten zu schaffen.
Ein melancholischer Klarinettenton sticht überraschend an die Zimmerdecke. Als wäre er eine Weile eingesperrt gewesen. Flirrt durch den Raum, scheint einen Durchschlupf zu suchen.

Ich muß an den unglücklichen Cecile denken, der dafür ein ganzes Leben gebraucht hatte.
Wir lagern in unseren Sesseln, zurückgelehnt mit geschlossenen Augen. Wie Kurgäste. In Davos.
Eine melodiöse Frauenstimme unterbricht die Idylle.
»Ich möchte die Séance nicht unterbrechen, würde aber ganz gern unseren Gast begrüßen.«
Vor mir steht eine etwa dreißig Jahre alte Frau mit hennarotem Haar, das sie im Nacken zu einem losen Knoten gefaßt trägt. Das Gesicht ist oval, markante Backenknochen rahmen eine kleine, klassisch geformte Nase. Ist der Blick aus leicht zusammengekniffenen Augen prüfend-ironisch oder einfach nur kurzsichtig? Ihr Mund deutet in der Mitte sinnliche Quellbewölkung, in den Winkeln zartbittere Turbulenzen an.
Eine kühle Frau.
Nicht ganz mein Fall.
Teresa.
Alles andere als ein Transvestit.
Ihr Körper ist hochgewachsen, die Schultern etwas eckig. Im Gegensatz zu Papin erscheint sie jetzt groß. Die Körperformen lassen sich im cognacfarbenen Rohseidekleid nur schwer ausmachen. Natürlich ist sie sehnig.
Für meine Studien bleibt mir ausreichend Zeit. Teresa ist damit beschäftigt, aus einer Ledermappe, groß wie eine Tageszeitung, Papiere auf den Schreibtisch auszuschütten. Papin sagt: »Das ist Bernard. Er ist Regisseur und kommt aus Paris; meine Frau.«
Sie gibt mir die Hand. Eine warme, kräftige Männerhand.
»Ich habe Hunger, wollen Sie mit uns essen?«

»Wir müssen die Vorstellung vorbereiten, wir sind im Verzug. Wie stark ist der Wind?«
Papin ist plötzlich schroff, ganz der Prinzipal.
»Ich denke, wir schaffen es. Der Wetterdienst hat eine regenfreie Nacht versprochen.«
Auch Teresa hat die Rolle gewechselt. Ich fühle mich überflüssig.
»Ich werde im Hotel erwartet, ich wünsche eine gute Vorstellung. Danke für das Bier. Es hat meine Lebensgeister geweckt ...«
Vielleicht will Papin mich loswerden. Irgendwie scheint er enttäuscht von mir.
Eine kritische Situation.
Ich muß auf der Fährte bleiben.
»Können Sie mir vielleicht Tips für Besuche in der Gegend geben? Mein Baedeker ist nicht mehr auf dem neuesten Stand.«
Teresa setzt sich an den Schreibtisch, greift zum Telefonhörer und wählt eine Nummer.
»Bitte den Wetterdienst«, sagt sie, klemmt den Hörer zwischen Schulter und Wange und dreht sich zu mir: »Morgen ist unser freier Tag, wir fahren zu Pan Papins Vater nach L'Asti. Eine wundervolle Gegend. Kommen Sie mit, wir fahren um zehn.«
Na bitte, das ist die Qualifikation für die nächste Runde.
»Danke für die Einladung. Ich bin pünktlich am Set.«
Papin bringt mich zur Tür. Wie er über Teresas spontane Einladung denkt, ist ihm nicht anzumerken.

Der Regen hatte aufgehört. Die Luft ist frisch.
Ich atme tief durch. Mein Jagdinstinkt ist geweckt.
Endlich spüre ich die Spannung, die mir anzeigt, daß ich einen guten Job machen werde.
Im Renault höre ich Paul Renard. Ich hatte seine Kassette gekauft.

Marie, wo ist unser Lied?
Marie, wo ist unser Chaos?
Marie, wo ist unser Morgen?
Unser Cadmiumrot ist so grau,
Deine Lust – hinter Glas.

Teresa und Papin sehen erschöpft aus. Die abendliche Vorstellung war vom Mistral fast weggefegt worden. Riskante Acts mußten weggelassen werden. Teresa hatte mit ihrer Trapeznummer lange warten müssen und schließlich ohne Papins Kommando angefangen. Die Stimmung ist unterkühlt. Man gibt sich vor dem Gast keine Mühe, das zu überspielen.
Teresa sitzt am Steuer des Rover.
Ihre beinkalte Hornbrille versprüht den Charme einer Geburtszange.
Knapp beantwortet sie meine artigen Touristenfragen.
Papin gibt sich seiner obsessiven Schweigsamkeit hin.
Hinter meinem Sitz rumoren Flic und Ballü.
Unser Kurs geht in Richtung Rians.
Die Landschaft wirkt im steinernen Vormittagslicht abweisend, wie erschöpft vom Kampf mit dem Mistral.

Mir fehlt Schlaf. Eine Havarie, Rohrbruch oder ein nichtgeschlossener Wasserhahn, genau war das nicht rauszukriegen, hatten mich aus meinem Hotelzimmer vertrieben. Aus Mangel an freien Zimmern landete ich in den frühen Morgenstunden in einer besseren Besenkammer. Der Nachtpförtner war überfordert. Am Morgen war es zu einer überhitzten Auseinandersetzung mit dem Direktor gekommen. Man wollte sehen ... Sicher stand mein Koffer inzwischen auf dem Marktplatz. Ich beschloß, mich auf das legendäre Improvisationstalent der Provenzalen zu verlassen.

Vielleicht ein Wink, die Zelte abzubrechen?

Ich sollte versuchen, heute noch mit Papin ins Gespräch zu kommen.

»Kennen Sie das Lied INDIAN SUMMER von Paul Renard?«

Ich weiß nicht, welcher Teufel mich reitet, in dieser Situation eine derart idiotische Frage zu stellen.

Teresa dreht sich zu mir herum.

Ihr Blick trifft mich wie durch eine Wand aus Eis.

»Achtung, die Schafe!«

Nach dem vakuumgetrockneten »Guten Morgen« vor der Abfahrt war das Papins zweite Wortmeldung.

»Ich habe sie gesehen, Pan Papin.«

Teresa ganz Dame.

Die Rolle des Parlamentärs gehört nicht zu meinen Stärken. Lieber widme ich mich dem höchst spannenden Lauf eines Regentropfens an meiner Scheibe.

Urlaub in der Bretagne. Mein Gott!

Clarisse war von der Beerdigung ihrer Tante gekommen. Großmütig hatte sie auf meine Teilnahme an den Trauerfeierlichkeiten verzichtet. So brauchte nur sie den Urlaub für zwei Tage zu unterbrechen. Als Gegenleistung bereitete ich ein grandioses Empfangsessen zu. Der halbe Tag war dafür draufgegangen.

Blumen schmückten die bescheidene Holzhütte. (Im Prospekt standen: »nostalgisch-ländliche Villa im Stil Anton Tschechows«. Als wenn der Architekt gewesen wäre.) Clarisse fiel ins Haus ein mit dem ihr eigenen forcierten Programm. Aus irgendwelchen Filmszenen zusammengeklaubt. Dazu gehörte: Mantel auf das Bett werfen, Koffer in die Ecke, Schuhe »abstreifen«, ins Freie treten und tönen: Bin ich froh, endlich der Stadt entronnen zu sein. Oder so ähnlich. Dann wedelte sie mit diesem abscheulichen Cellokasten vor mir herum. Sie würde sofort Unterricht nehmen, üben »wie ein Berserker«. Mit dem »seltsam klagenden Ton des Cellos eine neue Identität« finden usw.

Ich stand mit meinem arabischen RUZ-BI-DFEEN-Gericht da und ahnte das galoppierende Unheil. Clarisse setzte sich sofort aufs Bett und begann zu üben. Lange Zeit blieb es bei einem noch als anheimelnd zu bezeichnenden Sägegeräusch. Bald jedoch entstanden erste Töne, und ein akustischer Alptraum von gargantualischen Ausmaßen legte sich wie eine Decke aus Blei über unsere »nostalgisch-ländliche Villa im Stile Anton Tschechows«.

Clarisse war besessen.

Sie fuhrwerkte den ganzen Tag und die halbe Nacht mit dem Bogen herum. Jeden neu gefundenen Ton mit Gebärschreien begleitend.

Eine zusätzliche Tortur bestand darin, daß sie so gut

wie nackt zu »musizieren« pflegte. Auf einem Hokker sitzend. Die Beine gespreizt. Ewige erotische Männer-Phantasmagorie. Wochenlang hatte Clarisse ihre zölibatäre Knute geschwungen, und ich klebte hinter der Scheibe wie der Gymnasiast am Schlüsselloch der Umkleidekabine.
Die sinnliche Ausstrahlung dieser Frau hat mir bis zum Ende unserer Beziehung zu schaffen gemacht. Und ich wette, Clarisse wußte von meinen Qualen. Warum »musizierte« sie ständig auf der Wiese frontal zu unserem Küchenfenster?
Und das Ganze im strömenden Regen.
Seitdem werde ich nervös, wenn Regen die Scheiben herunterrinnt.
Und meide die Bretagne.
Es gibt nur einen kurzen Dialog zwischen Papin und Teresa. Gabilettileinen spielen eine Rolle. Was auch immer das sein mochte.
Nach etwa zwei Stunden biegen wir in eine kleine Landstraße ein. Ich sehe kurz ein Hinweisschild, kann jedoch den Ortsnamen nicht ausmachen. Die Straße erinnert an berühmte Gemälde. Rechts und links Pappeln unter einem Himmel aus Basalt. Auf den Feldern Weizen. Am Horizont Weinhänge. Auch abzweigende Straßen und Wege sind von Pappeln gesäumt. Sie geben der etwas wahllosen Landschaft Systematik. Wenige Fahrzeuge begegnen uns. Ackergeräte, Kleintransporter, Trecker. Ein paar altmodische Motorräder. Eine Frau auf einem massigen Kaltblüter winkt freundlich.
»Wie geht das Lied vom INDIAN SUMMER?«
Teresas Blick erwischt mich über den Innenrückspiegel.

»Sie müssen entschuldigen, mein Mann und ich leben hier in der Abgeschiedenheit der Provinz. Wir sind nicht sonderlich informiert.«
»Das Lied ist von Paul Renard. Ein Barde aus der Camargue. Das Lied hört man zur Zeit hier überall aus den Fenstern.«
»Singen Sie.«
»Eher selten. Nur wenn ich allein bin. Am besten auf einem Leuchtturm. Ich möchte auch fürderhin mit meinen Mitmenschen in Eintracht leben.«
»Ich meine, singen Sie für uns den INDIAN SUMMER.«
»Ach so. Ich beherrsche den Text nicht. Die Kassette liegt im Renault.«
»Versuchen Sie's. Es bleibt doch unter uns. Prosbá.*«
»Okay. Ich versuchs.«

Marie, du warst mein Kartoffelfeuer
Marie, du warst mein Eau de feu
Marie, du warst mein Cadmiumrot
Mein Juli, mein Februar.

Teresa sagt höflich: »Bravo.«
Papin deutet einen Applaus an: »Der Text klingt traurig. Ist das WAR endgültig?«
»Ich denke, die letzte Strophe läßt den beiden eine kleine Chance.«

Marie, sieh den Hügel aus Samt
Rieche lustvoll erste Fäulnis der
roten Blätter
Lausch dem Valet der ziehenden Vögel

---

* poln. »Bitte.«

Sing unser Lied, Marie
Und reich mir meinen Chablis.

Papin räuspert sich: »Sie singen nicht schlecht. Warum so bescheiden?«
Teresa wirkt entspannt.
»Wir sind gleich am Ziel. Bobesch führt ein gastfreundliches Haus. Wir werden köstlich tafeln, und er wird seine Schnurren zum besten geben. Bei Gelegenheit müssen Sie uns die restlichen Strophen vorsingen.«
»Ich habe eine Kassette. Überlassen wir das lieber Paul Renard. Ihm gebührt die Palme.«
Auf dem Schild rechts am Straßenrand: L'ASTI.
Papin intoniert eine Fanfare und sagt: »Wir sind da. Willkommen in L'Asti. Dem einzigen Ort in der Provence, wo die Menschen besser als dessen Wein sind.«
Teresa kampflustig: »Du trinkst doch gar keinen Wein, moi przyjaznie.*«
»Aber ich kenne die Menschen.«

L'Asti ist eine kleine Stadt. Sie ist schön wie ihr Name. Ein paar hundert Häuser mit engen kopfsteingepflasterten Straßen, einem winzigen Rathaus, Gendarmerie und einer aus rotem Sandstein gemeißelten Kirche.
»Hier schwingt Bobesch sein Zepter. Er ist Epikureer und Pastor. Also auch eine Art Seiltänzer.«
Papin nimmt Teresa an die Hand. Wir bahnen uns den Weg durch eine Katzenmeute.

* poln. »mein Freund«

Die Kirche ist nicht groß, im Kirchenschiff eine Reihe anschaulicher Details. Kreuzigungsbilder in einfachem Stil, altersgeschwärzte Holzschnitzereien, eine bauchige Kupferkanne für das Taufwasser. Über der rissigen Holztür ein Mutter-Gottes-Relief mit dem Christuskind. Rechterhand ein Friedhof, auf der anderen Seite eine Mauer aus Feldsteinen um den Kirchgarten. Auf dem Vorplatz riesige Platanen. Ein paar Spatzen krakeelen auf dem Pflaster. Menschen sind in der Mittagsstunde nicht zu sehen.
Papin öffnet die schmale Tür in der Steinmauer. Wir treten in den Pfarrgarten.
Papin ruft: »Ist jemand zu Hause?«
Eine Frau mit breitem, bäuerlichem Gesicht und Kopftuch erscheint hinter Johannisbeersträuchern. Sie hält eine halbgefüllte Schüssel mit Beeren in der Hand.
»Der Maître ist bei Justin. Schön, daß Sie uns besuchen. Haben Sie etwas Zeit?«
»Den ganzen Tag, Sœur Julie. Sind Sie gesund?«
»Danke. Danke. Gott ist gnädig. Bis auf die Beine. Ich werde Ihre Lieblingsspeise, Poularde in Knoblauch, machen.«
Vom Kirchplatz biegen wir in ein kurvenreiches, holpriges Gäßchen.
»Justin ist ein pensionierter Zugschaffner. Er wohnt nur ein paar Häuser weiter. Die Herren werden ihr Kolloquium abhalten.«
Papin ist wie ausgewechselt. Er pfeift leise vor sich hin.
»Geht es um wissenschaftliche Themen?« frage ich.
»In etwa.«
»Werden wir nicht stören?«

»Stören? Was denken Sie? Wir werden wacker mithalten.«
»Hoffentlich zeige ich mich den Anforderungen gewachsen.«
Teresa lacht glucksend: »Sollte es zu tiefsinnig werden, singen Sie einfach den INDIAN SUMMER. Damit können Sie überall reüssieren.«
Papin stößt ein kurzes Lachen aus. Als wolle er sich räuspern.
Er öffnet ein niedriges Gartentor. Hinter Heckenrosen und Sonnenblumen steht vor uns ein über und über mit Efeu bewachsenes, spitzgiebeliges Haus. Auf dem Dach hängt eine schmuddelige Trikolore schlapp an einer Stange.
Eine Ziege blickt sich mit mäßigem Interesse nach uns um. Im Garten allerlei Gerümpel, ausgediente Handwagen, verrostete Sensen, ein halb ausgeweideter Trecker.
Aus den Kellerräumen klingen Männerstimmen.
Papin geht in den düsteren Flur, öffnet eine Tür und steigt zwei, drei Stufen hinunter. Er macht uns mit dem Kopf eine Geste, ihm zu folgen.
Nach etwa einem Dutzend Stufen stehen wir in einem finsteren Gewölbe. Am Ende eines Ganges ein matter Lichtschein. Von dort kommen die Stimmen.
Unsere Höhlenexpedition gelangt plötzlich in einen hellen, mit Gerümpel vollgestellten quadratischen Raum.
Vier Männer, jenseits der sechzig, qualmen Zigarren und sind in einen heftigen Disput vertieft. Mit zerstreuter Freundlichkeit begrüßen sie uns wie Bekannte am Stammtisch.
Einer springt impulsiv auf. Er trägt ein rotkarier-

tes Hemd und hat einen Hemingway-Bart. Auf dem mächtigen Kopf ein fadenscheiniges Strickmützchen. Er breitet die Arme aus und schreit: »Ich bin glücklich! Salut l'Artists! Teresa, an mein Herz!«

Papin deutet auf mich und sagt: »Das ist Bernard, ein Freund. Ist extra aus Paris gekommen, um die legendäre Poularde von Sœur Julie kennenzulernen. Aber laßt euch nicht stören. Wir haben Zeit.«

Erst jetzt bemerke ich die Musikinstrumente.

Bobesch setzt sich an ein altersschwaches Klavier, schlägt energisch mit dem Hacken auf den Steinfußboden. Die altehrwürdigen Mauern scheinen bersten zu wollen. Die Altherren-Riege spielt astreinen Jazz. Kernig und unambitioniert.

SQUEEZE ME. Danach WEST END BLUES.

Wir setzen uns auf leere Obstkisten.

Die Musiker kommen glänzend in Fahrt.

Am Schlagzeug der Prophetenkopf mit der Baskenmütze läßt seine Stöcke durch die Luft wirbeln.

Am Baß der zierliche Greis mit der Lodenjoppe singt mit kehliger Stimme WHEN THE SAINTS GO MARCHIN' IN.

An der Trompete ein Jean-Gabin-Typ mit Uniformmütze. Wohl der Hausherr.

Ich habe große Jazz-Konzerte gesehen. Mit Weltkoryphäen. Aber hier unten im Kellergewölbe von L'Asti glaube ich, den Jazz an seinen Wurzeln zu erleben. Als sei ich mittendrin im Gewimmel auf einer Gasse in New Orleans.

TIGER RAG scheint das Paradestück. Alle Herren, die den Mund frei haben, grölen die Titelzeile. WHERE THE TIGER, WHERE THE TIGER.

Ich beobachte Papin und Teresa. Sie sind sofort einbezogen. Teresa klatscht rhythmisch in die Hände. Papin stößt gutturale Laute aus. Er hat die Augen geschlossen.
Zwischen den Titeln klatschen wir Beifall. Das steigert den Ehrgeiz der Riege. Bobesch blickt zu seinem Sohn und deutet aufmunternd auf einen Instrumentenkasten.
Papin steht auf, öffnet den Kasten, greift nach einer Klarinette, leckt sich die Lippen und beginnt zu spielen. Zunächst vorsichtig, auf Tuchfühlung, dann vehement.
Teresa hält es nicht mehr auf ihrer Kiste.
Klatschend eilt sie durch den Raum, schenkt jedem Zausel einzeln ihren Beifall.
Die genießen das lüstern.
Beim BASIN STREET BLUES greift sie nach meinen Händen, zieht mich hoch und beginnt zu tanzen.
Ich muß dazu anmerken, daß ich als Tänzer eine absolute Fehlbesetzung bin. Ohne Gründe gegen das Tanzen zu haben. Ich bewundere Menschen, die das gern tun und können.
Hier unten scheint das alles vergessen. Teresa und ich wirbeln zwischen den Obstkisten herum wie die Protagonisten in der WEST SIDE STORY.
Bei IN THE MOOD tanzen wir eng zusammen. Verwundert registriere ich weiche, sehr weibliche Körperformen.
Die Matadoren haben sich eine Pause verdient. Noch ziemlich außer Atem, werden schwarze Zigarren in Brand gesetzt. Eine Steingut-Bouteille mit Rotwein macht die Runde. Nur der wie das blühende Leben aussehende Jean-Gabin-Typ mit der Briefträger-

mütze trinkt nicht. Dafür genehmigt er sich eine stattliche Anzahl bunter Pillen.
»Beim BASIN STREET mußt du kräftiger dein Solo behaupten, Pascale, du flüsterst wie ein Eichhörnchen«, raunzt der Maître.
Der Mann am Baß nickt schuldbewußt.
»Kinderchen, wo habt ihr die Hunde?« ruft der Maître plötzlich emphatisch.
»Sie sind im Landrover. Wir wollten die Katzen nicht vertreiben.«
»Das blöde Katzenvolk!«
Der Maître angelt nach dem Stahlhelm aus dem Zweiten Weltkrieg. Er dient als Aschenbecher.
»Um die ist es nicht schade. Die ganze Nacht diese Fickereien, der Heidenlärm. Kinderchen, wir wollen sie Ballü vorwerfen. Das wird ein wundervolles Gemetzel. Adieu, meine Herren. Morgen sehen wir uns bei der Beerdigung. Aber vollzählig, wenn ich bitten darf.«
Er nimmt einen letzten Zug aus der Weinkruke, drückt seine Zigarre im Stahlhelm aus, legt den Arm um Teresas Nacken und trompetet: »Teresa wird immer schöner! Ich will meinen Sohn nicht ins Unglück stürzen, aber durch mein Himmelbett würde ich sie gern einmal jagen.«
Er lacht wie ein Preßlufthammer.
»Du bist dünn, mein Engel. Du mußt mehr essen. Kommt, Kinderchen, folgt Eurem Maître.«
Oben angekommen, müssen wir die Augen schließen. Die Sonne hat sich durchgekämpft. Sie strahlt, als hätte sie etwas nachzuholen.
Auf der Straße begegnen uns Einheimische. Sie grüßen den Maître. Mehr höflich als herzlich. Er scheint

die Zügel in der Stadt straff in der Hand zu halten, durch und durch Respektsperson. Papin spricht mit ihm. Sehr ernst. Im behäbigen Languedoc-Dialekt. Ich kann sie nicht verstehen. Teresa hat eine kleine, rothaarige Katze auf dem Arm. Leise, schmeichelnd redet sie auf sie ein.
Aus dem Fenster über unseren Köpfen ruft ein Mann: »Maître, haben Sie die Uhr repariert?«
Der trompetet zurück: »Bin ich Gott Shiva mit den vielen Händen? Wozu brauchst du eine Uhr? Freu dich, ohne Uhr lebst du länger. Die einzige Zeit, die wichtig ist, ist die Kirchzeit. Und da läute ich die Glocken.«
Eine Frau mit einem Baguette unterm Arm und einem Bund Zwiebeln jammert aus zahnlosem Mund: »Ich bin krank, Maître. Die Knochen wollen nicht mehr. Muß Umschläge machen. Ich kann morgen nicht zur Beerdigung kommen. So gern ich gewollt hätt.«
»Das Baguette trägst du wie der Ritter die Lanze. Also wirst du's auch zum Gottesacker schaffen. Das bist du deinen Mitmenschen schuldig.«
An der Kirche angekommen, befreien wir die Hunde aus dem Landrover. Erfreut begrüßen sie den Maître. Ballü gibt ein quietschendes Bellen von sich, Flic verharrt minutenlang in starrer Männchen-Pose.
Im sonnendurchfluteten Kirchenschiff lauschen wir dem Orgelspiel des Maître. Im Gegensatz zum Jazz-Keller wirkt er hier unkonzentriert. Die komplizierten Läufe bereiten ihm Schwierigkeiten.
Die Orgel plärrt altersschwach. Nicht die besten Voraussetzungen, um sich bei der Bachfuge genießerisch

zurückzulehnen. Das Kirchengestühl hätte das ohnehin nicht zugelassen. Es knarrt bei jeder Bewegung. Um Feierlichkeit bemüht, sind wir zu Wachsfiguren erstarrt.

In den kräftigen Lichtbündeln der Mittagssonne tanzt der Staub. Der Maître stöhnt mit dem Blasebalg um die Wette. Seine blaue Wollmütze hüpft über der Empore. Schließlich taucht sein verschwitztes, glückliches Gesicht auf.

»Genug Andacht geheuchelt, elendes Epikureer- und Materialistenpack. Ich weiß, Eure Rabenherzen gieren nach dem von Sœur Julie malträtierten Federvieh. Auf denn! Die langweilige Weihnachtsgeschichte ist gelesen, endlich folgt die Bescherung.«

Im Kirchgarten versammeln wir uns unter der Steineiche. Auf bunt zusammengewürfelten Stühlen aus unterschiedlichen Epochen um einen froschgrünen Plastiktisch.

Um uns Pflanzen in überschwenglicher Fülle. Es riecht gruftig. Träge schnarren dicke Fliegen.

Die Sonne wird heißer, und Sœur Julie hat ihren Auftritt mit der dampfenden Poularde.

Aus einer Korbflasche schenkt der Maître Wein ein.

Für Papin ein Glas saure Milch mit Zimt.

Getrunken wird auf den Wahlsieg Chiracs.

Der Maître erhebt sich von seinem Stuhl.

»Vive la France!«

Wie ein Fanfarenstoß steht sein Ruf über dem Kirchgarten.

Die Poularde ist wunderbar. Reichlich mit Kräutern zubereitet und in eine Sauce gebettet, die man nur als Glücksfall bezeichnen kann.

»Nun reichts mit den Lobeshymnen. Sœur Julie wird

ja größenwahnsinnig und schreibt eine Bewerbung an Bocuse.«

Er spricht ein kurzes Dankgebet und läutet damit eine behagliche Nachtisch-Séance ein.

Man plaudert über die Vorzüge unterschiedlicher Olivensorten, eine Halsentzündung mit dem Namen »Pfeiffersche Drüsenkrankheit«, den Geruch kastrierter Kater, die Technik des Schuhsohlenanklebens mit Hilfe einer antiquarischen Familienbibel. Hauptthema schließlich die Aufstiegschancen von Marseille in die erste Liga. Teresas Sachkenntnis ist beeindruckend. (Die von mir Papin zugeordneten Aufzeichnungen auf dem Schreibtisch stammten also von ihr!)

Ich beobachte Papin.

Der sonst so beherrschte Mann ist gelöst. Er erzählt Geschichten aus der Kindheit, korrigiert temperamentvoll seinen Vater bei dessen Erinnerungen, schleppt Wein aus dem Keller, spielt mit den Hunden und umsorgt seine Frau.

Teresa hat sich eine Hibiskusblüte ins Haar gesteckt und schnurrt mit dem roten Kätzchen um die Wette.

Ich habe meinen OBSERVER-Posten bezogen. Obwohl wir Haut an Haut sitzen, fühle ich mich außerhalb.

Auf welch beneidenswert einfache Weise können Menschen glücklich sein.

Papin krault selbstvergessen Ballü am Ohr.

Der Maître pafft dicke Zigarrenwolken und schmatzt an seinem Rotwein.

Sœur Julie strippt Johannisbeeren ab.

Teresa mit dem Kätzchen.

Wohl um mich gegen die Idylle zu wehren, sage ich: »Maître, geraten Sie nicht oft in Konflikt mit der Art, wie Sie leben, und dem, was Sie auf der Kanzel zu verkünden haben?«

Der Maître lacht.

Das Thema scheint ihm nicht neu.

»Ich weiß, mein Camillo-Syndrom. Probleme gibt es ab und zu. Mit ein paar Sturköpfen, nicht mit meinem Herrgott. Jesus war doch kein Puritaner. Selbst sein Fasten in der Wüste ist symbolisch zu sehen. Heuschrecken und Honig galten als Delikatesse.

Und die Ehebrecherin verteidigt er in Johannes 8 Vers 7-11:

Wer von euch ohne Sünde ist, der werfe den ersten Stein auf sie. Ich verurteile dich nicht. Geh und sündige von jetzt an nicht mehr.

Und bei Matthäus 11 Vers 19 und Lukas 7 Vers 34 berichtet er, daß die Leute ihn einen Fresser und Säufer nennen.

Wie Jesus es mit der Musik gehalten hat?

Darüber haben die Synoptiker keine Auskunft gegeben. Wenn Sie meine bescheidene Meinung dazu interessiert ... wenn es zu Lebzeiten Jesu Jazz gegeben hätte, Jesus hätte Jazz gespielt.«

»Daß du deine Gemeindeglieder dazu verurteilst, statt mit ihren Sünden in sich zu gehen und Gott um Vergebung zu bitten, die Fenster im Pfarrhaus zu streichen ... hat das nicht mit Berechnung zu tun, weniger mit Gott?« mischt sich Papin gutgelaunt in die Debatte.

»Die Pfarrhausfenster erstrahlen zur Freude aller. Menschenfreude ist Gottesfreude.«

»Laß den Bobesch in Frieden. Do diaska!* Wie er's

* poln. »Verdammt nochmal!«

macht, macht er's gut.«
Teresa erhebt das Weinglas.
»Ich möchte auf meinen lieben Freund Bobesch trinken. Gott schütze ihn.«
Der Maître reißt sich die Pudelmütze vom Kopf und ruft empört: »Teresa, mein lichter Engel, du sollst nicht Bobesch zu mir sagen. So nannte man mich als Kind, und du bist für mich alles andere als eine Mutter. Würde ich dir bei Mondlicht begegnen, gleich hinterm Holderbusch, ich weiß ja nicht, ich weiß ja nicht ...«
Nachbarn finden sich ein, Spaziergänger. Der Maître hat in einer verrosteten Zinkwanne ein Feuer angezündet und röstet Kastanien für alle. Papin wird begrüßt. Mit Respekt. Als Stolz von L'Asti. Manch einer starrt ihn nur schweigend an. Mutigere plaudern mit ihm, tauschen sich über gemeinsame Erlebnisse aus.
Die Sonne beginnt hinter den mächtigen Bäumen zu verschwinden. Am Himmel kreischen Abendschwalben. Der Maître reckt sich.
»Entschuldigt, Kinderchen, ich muß einen todkranken Mann besuchen. Die Pflicht ruft.«
»Oh, wie traurig, Bobesch, nach dem fröhlichen Tag ein trauriger Abend«, sagt Teresa und streichelt die Schulter des Maître.
»Was heißt denn traurig, mein Engel. Er war ein fulminanter Säufer und hat seine Frau geprügelt. Seine Zeit ist ran. Er ist über achtzig. Und glaubt mir, Kinderchen, niemand weint ihm eine echte Träne nach. Trotzdem müssen wir ihn menschenwürdig hinüberbringen. Dafür bin ich da. Für die Menschen. Da heißt es auch mal Windeln wechseln und Suppe

kochen. Lebt wohl, meine Kinderchen, besucht mich bald wieder. Auch Sie, Bernard, wir müssen uns über Jesus unterhalten. Meine Tür steht immer offen für Sie.«
Ich sage: »Maître, Sie sind ein großartiger Jazzmusiker.«
Der Maître zwinkert mir zu: »Auch Krähen zählt man zur Gattung der Singvögel.«

Es ist dunkel geworden. Papin muß die Scheinwerfer des Landrovers einschalten. Wein und Gespräche haben uns müde gemacht.
Teresa streichelt das Kätzchen, gibt gurrende Laute von sich. Beide hatten sich nicht trennen können.
Die Hunde schnarchen hinter mir.
Vor zwei Tagen habe ich Teresa und Papin noch nicht gekannt. Nach unserer ersten, spröden Begegnung im Camp waren wir uns heute in L'Asti sehr nahe gekommen. Ich empfinde ihre Gegenwart vertraut. Und doch bleiben sie mir auf spannende Weise fremd. Besonders Papin habe ich neu erlebt.
Papin, als leidenschaftlicher Musikant. Als amüsanter Erzähler. Behutsamer Ehemann und Sohn.
Die Angespanntheit, die ich im Camp gespürt hatte, war verflogen. Die Kühle, die Distanziertheit, die ein Gespräch nicht möglich machten.
Manchmal hatte er mich beobachtet. Wenn sich unsere Blicke trafen, drifteten sie verlegen ab. Forschte er ähnlich an mir?
Auf meine Fragen nach seiner Arbeit hatte er wortkarg reagiert. Abweisend. Als wollte er sich die Laune nicht verderben lassen.

Und Teresa?
Im Keller bei Justin war sie grandios.
Sie kann auf ihre ganz eigene Weise schön sein. Ihre Bewegungen, ihr Temperament, ihre Direktheit, die Art, wie sie die Menschen ansieht, ihr Schweigen.
Die Wiesensträuße im Wohnwagen fallen mir ein. Sie nennt ihn LIPA. Lindenbaum. Ihre Erinnerung an die Kindheit in den Masuren.
Bei unserem Tanz hat mich ihr Körper überrascht. Weich und fraulich. Nicht der sehnige Gladiator, den ich mir vorgestellt hatte. Zugegeben, ich bin zur Zeit vernachlässigt und leicht entflammbar. Aber sie wird für mich eher eine Frau zum Anlehnen bleiben. Das schließt nicht aus, daß ich in ihr eine leidenschaftliche Liebhaberin vermute.
Von Big Frog stammt der Ausspruch: Der Mund einer Frau ist das Impressum ihrer erotischen Ambitionen. Teresas Mund ist ein einziger Liebesroman.
Und der Maître?
Er ist eine Perle.
»Der Maître ist eine Perle«, sage ich in die Dunkelheit.
In die beiden vor mir kommt Bewegung. Papin räuspert sich umständlich.
»Das ist er ganz sicher. Wir fahren gern nach L'Asti. L'Asti ist wie der erste Regen nach dem Gewitter ...«
»Sie hatten eine gute Kindheit?«
»Do diaska, sie hat mir aufs Kleid gepinkelt!«
Teresa hält erschreckt die Katze in die Höhe.
»Wir müssen anhalten!«
Papin bringt den Landrover am Straßenrand zum Stehen. Wir steigen aus.
»Bitte halten Sie das Kätzchen, Bernard.«

Ich spüre einen scharfen Schmerz im Handrücken. Das Kätzchen hat zugebissen. Papin bleibt hartnäckig bei seinem Thema.
»Das kann man so glatt nicht sagen. Meine Mutter ist frühzeitig verstorben. Bobesch hatte vielfältige Verpflichtungen und als Erzieher von kleinen Kindern wenig Talent. Als ich langsam erwachsen wurde, gab es Spannungen. Mein Beruf stand sehr früh für mich fest. Mein Vater war entsetzt. Heute verstehe ich ihn, damals war das eine Katastrophe für mich.
Erst in den letzten Jahren sind wir uns näher gekommen. Geliebt habe ich meinen Vater immer. Endlich kann ich es ihm auch zeigen.«
Teresa hat sich mit verblüffender Selbstverständlichkeit das fußlange Kleid über den Kopf gezogen und steht in spärlichen Dessous im Mondlicht. Sie wedelt mit dem Kleid in der Luft herum.
Eine eigenwillige Szenerie: Eine halbnackte Frau steht im Mondlicht. Zwei Männer, an einen Landrover gelehnt, sinnieren über das Leben. Ich spüre einen Stachel.
Zeigt Teresas Freimütigkeit, daß ich als Mann für sie keine Rolle spiele? Lediglich der nette Nachbar von nebenan?
Als wollte sie meine Vermutung bestätigen, beendet Teresa ihre Trockenübungen, knüllt das Kleid zusammen und bückt sich tief in den Landrover.
Zum Glück ist Papin zu beschäftigt, um meinen Blick mitzukriegen, der vielleicht eine Idee zu lange auf dem noch sichtbaren Körperteil seiner Frau verweilt.
»Wissen Sie, Bobesch ist ein Mann fürs Volk. Er muß allseitig gefordert sein, gebraucht werden. Dann fühlt er sich in seinem Element. Im intimen Gespräch

ist er gehemmt. Themen, die ihn selbst betreffen, sind ihm verhaßt. Er weicht aus. Er ist wie der erfolgreiche Schauspieler, der ohne sein Publikum ein blasser Durchschnittsmensch ist. Aber auf seiner Bühne ist Bobesch ein Naturereignis.«

Aus den Bagagefächern des Landrover hat Teresa ein paar faserige Jeans geangelt.

Papin startet den Wagen.

Ich werde endlich die Katze los. In einem unbeobachteten Moment wische ich mir mit dem Taschentuch das Blut vom Handrücken. Das verdammte Biest!

»Können Sie sich vorstellen, daß mein Vater sehr viel Unglück erlebt hat?«

»Man sieht ihm das nicht an.«

»Bobesch wollte eigentlich Musiker werden. Kein Jazzmusiker, das kam erst viel später. Er startete eine vielversprechende Karriere als Pianist. Eine rätselhafte Stoffwechselkrankheit zwang ihn, jahrelang zu pausieren. Danach fand er sich nicht mehr zurecht. Er nahm ein Theologiestudium auf und erhielt nach glanzvollem Abschluß eine Professur an der Sorbonne. Sein theologisches Konzept war revolutionär. Übermächtige Kirchenpolitiker erwirkten daraufhin seine Entlassung. Er geriet in einen unaufhaltsamen Strudel des Abstiegs. Hinzu kam, daß meine Mutter, die ätherisch schöne Helene, bedingt durch die anhaltende nervliche Anspannung, schwer erkrankte. Bobesch mußte sich entscheiden. Auf verlorenem Posten den Kampf gegen den übermächtigen Feind weiterführen und damit das Leben der geliebten Frau aufs Spiel setzen oder den Rückzug in die ländliche Idylle mit der Hoffnung auf Helenes Gesundung. Bobesch

entschied sich für letzteres und übernahm das Pfarramt in L'Asti. Für unsere Familie folgten ein paar glückliche Jahre. Als ich sieben war, nahm sich meine Mutter das Leben. Sie wäre zum Pflegefall geworden. Das wollte sie uns nicht antun. Diesen Tod hat mein Vater nie verwunden. Für ihn war es ein Vertrauensbruch. Meine Eltern haben sich sehr geliebt.«
»Was haltet ihr davon, eine kleine Rast einzulegen und irgendwo noch ein Glas Wein zu trinken?« Teresa wirkt plötzlich nervös.
»Ich erwarte einen Anruf von Roy Schafer aus London«, erwidert Papin kühl.
Wollte Teresa das Gespräch beenden?
War der Zwischenfall mit der Katze nur gespielt?
»Sie müssen wissen, daß Bobesch sehr krank ist. Sein Herz. Bei seiner Lebensweise geben die Ärzte ihm nur noch wenige Jahre.«
Papin sagt das in der ihm eigenen Sachlichkeit. Aber ich spüre seine Trauer.
Den Rest der Fahrt schweigen wir.
THE CARNEVAL IS OVER.
Das Leben hat uns eingeholt.
Bei der Verabschiedung im Camp sagt Teresa: »Ich habe Pan Papin lange nicht mehr so erlebt. Er redet sonst nie über sich. Wahrscheinlich wirken sie beruhigend auf ihn. Ich glaube, er schätzt Sie. Er hat wenig Freunde. Eigentlich keinen.
Roy Schafer ist ein sehr nüchterner Mensch.
Ich denke, wir hatten einen guten Tag. Und Sie hatten Ihren Anteil daran. Ich danke Ihnen. Kommen Sie wieder, Sie sind uns noch die restlichen Strophen des INDIAN SUMMER schuldig. Dobre noc.«
Wir geben uns die Hand.

MARIE. SIEH DEN HÜGEL
AUS SAMT
IECHE LUSTVOLL ERSTE FÄULNIS
DER ROTEN BLÄTTER.
P.R.

FORSCHT
ER ÄHNLICH
AN MIR?
P.R.

Papin sitzt im LIPA am Telefon. In die halbgeöffnete Tür sage ich: »Ich möchte mich für die Einladung bedanken. Die Poularde von Sœur Julie gehört ins Guinness Buch der Rekorde. Meinen Sie nicht?«
»Ja. Fahren Sie vorsichtig. Vor der Stadt gibt es eine Radarfalle.«
Da war er wieder, der Papin des Camps. Verschlossen, unnahbar, kühl.
Meine Ankunft in Aix ist niederschmetternd. An der Rezeption überreicht man mir einen Brief von Monsieur le directeure, in dem er mir höflich mitteilt, daß der Schaden in meinem Zimmer leider nicht zu beheben sei, man mir aber großzügigerweise ein Appartement zur Verfügung stelle. Wegen des Festivals wäre alles ausgebucht, mit Sicherheit auch in den anderen Hotels. Ich müsse jedoch den Preis für das Appartement zahlen, das Haus sei dazu berechtigt, Paragraph sowieso, höhere Gewalt usw. Man hoffe auf mein Verständnis und wünsche einen angenehmen Aufenthalt. Immer zu Diensten ... Unterschrift.
Eine Unverschämtheit. Die blanke Erpressung!
Natürlich ist Monsieur le directeure nicht zu sprechen. Zufällig auf einer Geschäftsreise in Avignon. Rückkehr leider erst in einer Woche. Die Höflichkeit des Mannes an der Rezeption ist penetrant. Trotz meiner rüden Ausfälle. Ich werde das Gefühl nicht los, daß er meine Wut genießt. Schon am Morgen hatte es eine handfeste Auseinandersetzung zwischen uns gegeben. Wütende Beschimpfungen ausstoßend, stürme ich die Treppen hoch zum Appartement.
Die Einrichtung ist schwülstig. Samtportieren, Marmortischchen und Nuttenbett.
Wo ist mein Koffer?

Er steht an der Wand. Verschämt beiseite geräumt. Um das prachtvolle Gesamtbild der Absteige nicht zu gefährden. Übrigens nicht ganz zu Unrecht. Er wirkt schäbig. Ein Verschluß steht offen. Er klemmte seit einiger Zeit.
Panik befällt mich. Ich muß hier weg. Raus aus dieser Kaschemme. Aber bitteschön mit einem großen Abgang. Der schleimige Kerl an der Rezeption sollte sein blaues Wunder erleben!
Irgendein Zug nach Paris wird noch fahren. Und wenn ich Stunden auf dem Bahnsteig zubringen mußte.
»Ich reise ab. Ich bin empört! Monsieur, Sie können versichert sein, daß der Name Ihres Hauses in der Hauptstadtpresse in einem für Sie nicht erfreulichen Zusammenhang genannt werden wird. Meine Rechnung! Ich habe es eilig!«
»Sehr wohl, Monsieur. Sogleich. Ihre Rechnung ist bereits fix und fertig. Apropos, die heutige Nacht gilt als Buchung. Voller Preis. Es tut mir sehr leid, aber das Regelwerk bestimmt es so.«
Ein Komplott von Strolchen!
Wie meist in zugespitzten Disputen resigniere ich auf halber Strecke. Eine Folge der jahrelangen Zimmerschlachten mit Clarisse. Wie ein geprügelter Köter schleiche ich aus dem COQ DE BRUYÈRE. Abgerissen und verschwitzt.
Ich stehe auf dem Vorplatz.
Wie der Boxer nach einem Zwölfrundenkampf.
Neben vielen anderen war mir ein außerordentlich folgenreicher Fehler unterlaufen. So war ich auf die Form meines Abgangs fixiert. Ich hatte versäumt, einen Blick auf den verdammten Fahrplan zu werfen.

Und wo ist der Bahnhof? Nirgends ein Taxi in Sicht. Ich fühle mich müde und entschlußlos. Dem Boxer steht nach einem Zwölfrundenkampf eine Pause in der Kabine zu.
Ich gehe in eine Pizzeria und bestelle irgendeine Flasche Wein.
Nach dem ersten Glas beginne ich mich besser zu fühlen.
Ich werde die ganze Angelegenheit positiv sehen.
Ich werde eine Nacht unter südlichem Firmament verbringen.
Die Stadt bietet reichlich Abwechslung. Morgen wird mich ein kultivierter Zug nach Paris bringen, heim an die Brust meines rauhbeinigen Chefs. Meine Begegnung in der Provence – eine poetische Romanze in Moll mit Finale fortissimo.
Aber was wird mit Teresa und Papin? Ich kann sie unmöglich übergehen, mich ohne Abschied aus dem Staub machen.
Ich trinke das Glas in einem Zug leer.
Eine vertrackte Situation.
Das Hotel war für mich vermint. Den Mietwagen hatte ich zurückgegeben. Kindisch und dumm, mein Abgang.
Betroffen einzig und allein ich.
Die Flasche ist leer.
Das einzige, was für mich feststeht, ist die Tatsache, daß ich die Nacht auf den Straßen von Aix verbringen werde.
Vielleicht ein interessantes Experiment. Ob ich es noch kann?
Ich beschließe, das Lokal zu wechseln. Die Plastikmöbel und der Küchengeruch der Pizzeria ent-

sprechen nicht der neuen Strategie. Es gelingt mir, meinen Koffer unterzustellen. Der ewig lächelnde Kellner mit den grauen Schläfen sieht vertrauenswürdig aus. Der einzige Gegenstand von Wert ist die CANON. Und sie ist gut versichert.
Und plötzlich bin ich frei.
Der Zufall wird mich dahin treiben, wo das, was auch immer mich erwartet, einen Sinn machen wird.
Wer plant, ersetzt den Zufall durch den Irrtum.
Ein ganz neues Fatalismusgefühl.

Es geht auf Mitternacht.
Zwischen den Häusern klingen meine Schritte matt.
Es ist schwül. Die Luft liegt auf der Haut wie ein feuchter Mantel.
Wie hatte Papin gesagt, der erste Regen nach dem Gewitter ...
Mein Gewitter hatte ich hinter mir. Vielleicht ist mir in dieser Nacht ein kleiner Regen beschieden.
Verdammt, werde ich doch noch ein Dichter?
Die Wut habe ich mir bald von der Seele gelaufen.
Übrig bleibt Leere. Wie ein nicht zu Ende gemaltes Bild. Alkohol bewirkt bei mir keinen Stimmungswechsel. Er verstärkt die bereits vorhandene.
Aus den weit geöffneten Fenstern flüstern Fernsehbilder. In den Kneipen mechanisches Gelächter. Wie in den unseligen amerikanischen Fernsehkomödien, in denen ein Tonband die fehlende Heiterkeit ersetzt.
Ich würde gern mit jemandem reden.
Ich gerate in eine Straße mit Tanzlokalen, einem Varieté, ein paar Kinos. Die Vergnügungsmeile der Stadt.

Mein Entschluß, das nächstbeste Etablissement zu betreten, ist so abrupt, daß ich um ein Haar eine Frau umgerissen hätte. Sie hatte sich tief zu ihrem Hündchen hinuntergebeugt, um die Leine am Halsband zu befestigen. Trotz meiner gutgemeinten Entschuldigung zetert sie fürchterlich. Zum Glück in einer mir nicht verständlichen osteuropäischen Sprache.
Das Lokal ist ein behaglich eingerichtetes Wohnzimmer. Im Stil der Zwanziger. In einem rotundenähnlichen Séparée spielen drei Herren im Smoking Caféhaus-Musik. Auf den Tischchen und an den Wänden Messinglampen mit rosa Schirmen. Teppichboden beige, Vorhänge aubergine.
Ich wähle den Tisch mit der längsten Distanz zum Orchester. Und bestelle Wein.
In meinem Notizbuch versuche ich das Material für den Papin-Artikel zu ordnen. Es wird eine Arbeit über den Menschen Papin werden, weniger den Artisten.
Über den Introvertierten, den Exhibitionisten.
Ein König, der sein Volk abschaffen will?
Wahre Kunst nur ein Vorgang des Kopfes?
Nicht das abendliche Spektakel, der heutige Nachmittag sollte mein Thema sein.
Nicht der Matador, eher der Poet.
Nicht der Papin auf dem Seil, der Papin mit der Klarinette.
Nicht der geschminkte Harlekin, sondern der Mann mit den hellen Augen.
Mit den hochgezogenen Brauen, den leicht geöffneten Lippen. Wie er aufmerksam zuhört.
Der Sohn, der seinem Vater die Hand auf den Unterarm legt.

Der Mann mit dem zögernden Blick.
Meine Arbeit leidet unter einem Makel. Der lautet: Verrat.
Ich habe mich eingeschlichen. Arglos sind mir Papin und Teresa aufgesessen.
Meine Abreise kommt zum richtigen Zeitpunkt.
Um ein Haar hätte ich eine Regel verletzt: keine persönlichen Kontakte mit der Person, die du porträtieren willst. Distanz sollte der Schutzpanzer des Befragten sein.
Big Frog sagt: Weck mir die Leute auf, aber laß sie in Ruhe.
In L'Asti hatte es Augenblicke gegeben, in denen ich glaubte, Freunde gefunden zu haben.
Papins lange Beschreibung seines Vaters.
Teresas Abschiedsworte im Camp.
Noch war der Absprung möglich. Vor dem Vertragsbruch.
Monsieur le directeur hatte Schicksal gespielt.
Trotzdem schade.
Es lag in der Luft, daß wir drei eine Geschichte erlebt hätten. Der Spielplan war noch nicht klar. Tragödie oder Komödie ...? Boulevard oder Ibsen ...? Game show oder doch nur Talk?
Aber was hatte das mit meiner Arbeit zu tun?
Was ist es, was mich an Papin und Teresa fesselt?
Ich kann es nicht sagen.
Papins frostiger Abschied hatte eins klargestellt: Der heutige Nachmittag war ein Glücksfall.
Wozu eine weitere Woche mit Papin schweigen?
Papins Augen gehen mir nicht aus dem Sinn. Die Farbe ist schwer zu beschreiben. Manchmal pflastersteingrau, im Jazzkeller bei Justin himmelblau.

(Warum klingt die Farbe kitschig? Zwei so rechtschaffene Worte: Himmel und Blau!)
Seine Pupillen sind scharf markiert. Als hätte ein Grafiker mit einer Stahlfeder nachgeholfen. Der Blick gewinnt daraus Weite und Konzentration. Erstaunen und sogleich Bestimmtheit.
Papin, der Olivenpflücker, der Legendenerzähler, der schroffe Prinzipal, der Ungeduldige, der Rastlose, und Papin, der Komödiant, der Magier, der Verführer der Massen. Papin, der Vollblutmusiker, der behutsame Sohn, der aufmerksame Ehemann, der Zuhörer.
Und Teresa?
Spielen wir eine Dreiecksgeschichte durch.
Für eine Liebesaffäre mit Teresa fehlen die Signale ihrerseits. Aber welche Rolle hätte sie gespielt.
Teresa mit dem ruhigen Blick, den schönen Händen, den weichen Bewegungen ...
Teresa, die schlafende Katze.
Mir fällt es schwer, mir einzugestehen, daß ich über den Abschied Trauer empfinde.
Auch meine Arbeit bereitet mir ein schales Gefühl. Wichtig wäre Papins LE GRAND COUP gewesen. So lautete Big Frogs Auftrag. Trotz seines unerschütterlichen Idealismus' hatte er an die Auflage zu denken. Schade, der Zug war abgefahren.
Morgen früh werde ich ins Camp fahren, mich von Papin und Teresa verabschieden. Und ihnen sagen, daß und was ich über sie schreibe. Ein fairer und sauberer Abschluß.
In mein Notizbuch schreibe ich: FINES.
Schade.

Das Lokal ist leer. Nur drei, vier Tische sind besetzt. Die Kapelle spielt SENTIMENTAL JOURNEY. Mein Sonnengeflecht umwölkt sich mit Wärme. Der Wein zeigt Wirkung.
Zwei Tische entfernt ein Pärchen. Sie mit dem Rücken zu mir. Die Haare gelegt wie Teresa. Der Mann das ganze Gegenteil von Papin. Groß gewachsen, mit fettem Hals, Glatze und Koteletten. Etwas weiter ein besetzter Vierertisch mit Geschäftsleuten. Noch zu wenig alkoholisiert, um aufzufallen.
Auf der Tanzfläche ein älteres Ehepaar. Amerikanischer Mittelstand plus frisch ausgezahlte Lebensversicherung.
Die Rückenansicht der Frau am Nebentisch verwirrt mich.
Natürlich ist es nicht Teresa. Kann es gar nicht sein.
Warum eigentlich nicht?
Teresa mit den zwei Gesichtern?
Papin ist sicher nicht der allzeit bereite Liebhaber. Dazu ist er zu kompliziert. Zu sehr mit sich beschäftigt. Zu verschlossen. Mit Launen. Der Spröde. Der Kritische.
Teresa mit dem verletzlichen Mund sehnt sich nach Liebe. Möchte sich anlehnen ... Wirft sich nachts in den Landrover und besucht Liebhaber ...
Während der Mann mit den Koteletten immer wieder zu mir herübersieht, zeigt sie hartnäckig Rücken.
Ein Wortspiel fällt mir ein: ICH ÜBE RÜCKSICHT.
Vielleicht hat sie mich längst entdeckt?
Will nicht erkannt werden?
Und hat ihrem Partner Order gegeben, mich zu beobachten? Teresa, die schlafende Katze.
Es ist nicht Teresa.

Teresa ist größer, beweglicher.
Und wenn sie es wäre, warum sollte sie sich von mir ertappt fühlen? Für wie wichtig in ihrem Leben halte ich mich?
Mir kommt ein pragmatischer Gedanke. Ich könnte mir die Fahrt zum Camp ersparen, wenn ich mich bei diesem Zufallstreff von Teresa verabschiede. Mit besten Grüßen an Papin. Dringender Ruf aus Paris und so weiter.
Nein. Ich möchte mich von Papin verabschieden.
Ich könnte zur Bar gehen und dabei unauffällig einen Blick in ihr Gesicht werfen ...
Ich bin zu feige.
Der Mann mit den Koteletten erhebt sich. Er nimmt seinen Hut vom Kleiderständer. Die Folter scheint beendet. Sie werden aufbrechen. Gleich weiß ich mehr.
Irrtum.
Die Frau bleibt sitzen. Der Mann verabschiedet sich mit Handkuß, geht zum Ausgang. Verschwindet.
Die sitzt unbeweglich auf ihrem Stuhl. Wie die Coffee-Shop-Besucher bei Edward Hopper.
Plötzlich dreht sie sich zu mir.
Langsam. Sehr langsam.
Wie von einem Regisseur einstudiert.
Unsere Blicke treffen sich.
Es ist nicht Teresa.
Natürlich nicht.
Es ist eine schöne Frau.
Vielleicht etwas älter als Teresa. Reifer.
Sehr weiblich.
Sie lächelt.
Und dreht den Kopf langsam wieder zurück.

Ich kann nicht behaupten, daß mich ihr Blick gleichgültig gelassen hat.
Bin ich enttäuscht oder erleichtert, daß es nicht Teresa ist?
Als Pragmatiker interessiert mich der Augenblick.
Ich wäge meine Chancen ab. Fixiere ihren schönen Rücken. Im Roman würde es heißen: SIE SPÜRTE SEINEN BLICK IM NACKEN.
In einer Herrenlektüre von anno dunnemals: GRAF BOBBY AMÜSIERT SICH.
Meine Beharrlichkeit wird belohnt. Ein zweiter Blick wird mir zuteil.
Jetzt bin ich sicher, daß ich die Nacht in Aix nicht allein verbringen werde.
Aus Gründen der Fitness bestelle ich Kaffee.
Teresa Zwo erhebt sich und schwebt in Richtung Toiletten. Das heißt, sie ist zu klein, zu füllig, als daß ihr Gang elegant genannt werden könnte. Schwamm drüber. Mir bleibt der Nacken. Der ist makellos.
Sie kommt zurück. Setzt sich auf den Platz ihres entschwundenen Tischherrn. Nun steht dem freien Blickkontakt nichts mehr im Wege.
Mit dem Signal, mit dem nicht zu rechnen war, sind die letzten Zweifel beseitigt, und ich wage, mit meinen zwei Flaschen Wein im Bauch, eine GRAF-BOBBY-Attacke.
Ich trete an ihren Tisch und raune: »Ich bin Bernard, darf ich mich zu Ihnen setzen?«
Teresa Zwo atmet schreckhaft ein und hält die Fingerspitzen an die Lippen: »Sie sind nicht Gerard?«
»Wie bitte?«
»Sie sind nicht Gerard?«

»Natürlich bin ich nicht Gerard«, sage ich gereizt, »mein Name ist Bernard.«
»O pardon«, sagt Teresa Zwo, nimmt ihre Handtasche, erhebt sich und eilt zum Ausgang.
Peinlichkeit bei Niederlagen dieser Art bin ich gewohnt. Neu ist der Ablauf.
Hatte Kotelettenmann Teresa Zwo auf mich angesetzt? Wenn ja, warum?
Wer war Gerard? Ein Mafioso? Ein Mann vom Kartell? Der erpreßt werden soll? Kompromittiert mit Fotos?

Auf der Straße ist das Leben in vollem Gange. In einem Biergarten eine grölende deutsche Touristengruppe. Statt der Münchner Biertrinker-Hymne SUR LE PONT D'AVIGNON. Vermutlich eine Bildungsreise vom Reisebüro: AUF DEN SPUREN CÉZANNES oder DAS VOGELPARADIES CAMARGUE.
Ich beginne, mich in meine Rolle einzuleben: als Mann vom Kartell.
Schwungvoll entere ich das nächste Lokal. Hier ist es voll. Und laut. Jazz wird gespielt. Auf der Tanzfläche dichtes Gedränge. Meist junge Leute. Die Männer mit kleinen Brillen aus Metall, die Mädchen mit flachen Schuhen und ähnlich gearteten Brüsten.
An den Wänden alte Filmplakate mit BOGART, GRACE KELLY und CARY GRANT.
Die Kellner im Stile Mr. Ackerbilks mit Weste und Melone.
Ein Ort zum Wohlfühlen.
Für meinen schweigsamen Nachbarn bestelle ich Aquavit. Er revanchiert sich mit einem Joint.

Die GRAF-BOBBY-Pläne kann ich hier ad acta legen. Die Stimmung ist fröhlich und ausgelassen. Ich muß mich in eine Hochzeitspolonaise einreihen.

Weit nach Mitternacht stehe ich wieder auf der Straße und genieße die Luft. Ich brauche einen Kaffee. Im DEUX COUPS werde ich ihn kriegen. Woran erinnerte mich der Name? Richtig, an TROIS COUPS von Philippe Petit.
DIE BEGRENZUNG DER MÖGLICHKEITEN GIBT ES NUR IN DEN SEELEN DERJENIGEN, DIE NICHT TRÄUMEN KÖNNEN.
Im DEUX COUPS gediegene Atmosphäre. Klimaanlage. Weiße Vorhänge, schwebend in den geöffneten Fenstern. Hier hatte ein Ästhet das Dekor empfindsam abgestimmt.
Treffpunkt der Schönen und der Reichen.
Wieder keine Chance für GRAF BOBBY.
Ich werde ihn endgültig zu Grabe tragen und in aller Ruhe Zeitung lesen.
Als ich den Mokka bestelle, frage ich den Ober nach der Schließzeit.
»Wir haben durchgehend geöffnet, Monsieur. Das einzige Lokal in der Straße.«
»Tüchtig«, lobe ich grundlos und freue mich, für die Nacht eine Bleibe gefunden zu haben.
Ich hole mir ein Bündel Zeitungen. Habe aber Mühe, die Blätter zu sichten, lege sie beiseite und widme mich dem Publikum.
Fast alle Tische sind besetzt. Meist mit Pärchen.
Auf der Tanzfläche zwei einsame Tänzer. Ein großgewachsener, sommersprossiger Mann mit schulterlangem, weizenblonden Haar und ... Teresa!

Leide ich an Halluzinationen? An einem Teresa-Trauma?
Hat mir jemand eine Droge in den Wein getan? Der Mafia-Mann mit den Koteletten?
Kein Zweifel, es ist Teresa!
Die Haare hochgesteckt.
In einem einfachen, schwarzen Kleid.
Sie plaudert mit ihrem Partner, legt kurz den Kopf an seine Schulter.
Ich überlege zwei Varianten. Variante 1: Überfallartige Begrüßung. (Wie würde Teresa reagieren?) Variante 2: Konspirative Observation hinter dem Zeitungsblatt. THE OBSERVER IN ACTION.
Meine fortgeschrittene Alkoholisierung warnt mich vor Variante eins. So sollte Teresa mich nicht in Erinnerung behalten.
Variante zwei verbiete ich mir kurzerhand. Vielleicht, um mein Teresa-Bild nicht zu zerstören. Vielleicht, um Papin zu schützen.
So als könnte ich die Begegnung ungeschehen machen, entscheide ich mich für den geordneten Rückzug.
Wie ein verwirrter Gymnasiast finde ich mich an einem Springbrunnen wieder. Kühle mir Stirn und Nacken.
Ich leide an Halluzinationen.
Ich sehe weiße Mäuse.
Teresa liegt in ihrem LIPA und träumt von Justins Jazzkeller. (Von unserem Tanz?)
Das Wasser des Springbrunnens riecht faulig.
Ich stütze mich auf das gußeiserne Geländer und starre in tintenschwarzes Wasser. Die gepflasterte Uferpromenade dampft. Sprengwagen schaffen eine

Gewächshausatmosphäre. Die Schwüle wird unerträglich. Scharfe Silhouetten von Anglern. Das Beste an Anglern ist ihr Schweigen.
Mein Bedarf an Begegnungen ist vorläufig gedeckt.
In Rußland können Eisangler ganze Tage bei grimmiger Kälte bei ihrer Tätigkeit zubringen. Ihre Köder sind kleine, rote Würmer. Die Hälfte der männlichen Bevölkerung ist auf dem Eis, die andere verkauft auf dem Markt kleine, rote Würmer. Kräftige, großgewachsene Männer halten würdevoll wurmgefüllte Streichholzschachteln vor dem Bauch. Wie der Kaiser den Reichsapfel. Den ganzen Tag. Auf der Baustelle schleppen Frauen Steine. Den ganzen Tag. Aber das Sagen haben die Männer. Den ganzen Tag. Und die ganze Nacht.
»Im Grunde steht mir der Sinn nach einem Glas Wein. Haben Sie etwas Geld?«
Der das sagt, ist ein hagerer Mann im Regenmantel. Seine Grabesstimme lagert über dem Wasser wie ein Menetekel.
Wortlos nimmt er den Geldschein.
»Achten Sie auf die Angel.«
Er seufzt tief und verschwindet in der Dunkelheit.
Ich bin kein Angler. Mir aber des Grundvorganges bewußt.
Die Angel ist einfachster Bauart. Drei Meter lang. An der Spitze ist ein Stück Angelsehne festgebunden.
Ich fühle mich der übertragenen Verantwortung gewachsen. Ich lupfe den Schwimmer. Am Haken schimmert etwas Helles. Ich weiß, daß man Käse als Köder benutzen kann.
Zu den Obelisken der Angler gehören zu dürfen ver-

schafft mir ein Gefühl der Geborgenheit. Dem OBSERVER genügt das, um sich zugehörig zu fühlen.
Ich gebe mir Mühe, nicht durch unnötige Bewegungen die Szenerie zu zerstören.
Mein Atem beruhigt sich. Die konfusen Gedanken münden in stehende Gewässer.
Der absurde Abschluß meines provenzalischen Abenteuers.
Ich schwitze.
Nach der kurzen Erfrischung durch die Sprengwagen strahlt das Pflaster wie ein riesiger Heizkörper.
Ich spüre etwas Weiches am Fuß.
In einer Plastiktüte mit Werbeaufschrift ist ein Fisch. Groß wie ein Schuh. Mein Ehrgeiz ist geweckt. Ich beuge mich weit vor, als ob das meine Erfolgschancen vergrößerte, und beiße die Zähne zusammen.
Warum werde ich unruhig?
Die Nacht muß ohnehin totgeschlagen werden, und der Regenmantel hatte nicht meine Scheckkarte mitgenommen. Mein Ehrgeiz ist lächerlich. Statt des obligatorischen Pflichtsouvenirs KRÄUTER AUS DER PROVENCE oder eines halbwegs brauchbaren Manuskripts würde ich Big Frog eine Angel und einen toten Fisch auf den Schreibtisch legen.
Der Rücken schmerzt und die Beine zittern. Mein Ehrgeiz verbietet mir, die Angel und damit die Verantwortung aus der Hand zu legen.
Einmal hatte der Schwimmer kurz gezuckt. Danach fehlte der Köder.
Ich starte einen Versuch, mich vorsichtig zu strecken. Begebe mich sofort feige wieder in die alte Position. Der Regenmantel könnte jeden Moment auftauchen. Wo ist Teresa? Hatte ich mich getäuscht?

In welchem Bett liegt sie, verdammt nochmal?
Ich hatte sie genau gesehen. Ihre halbgeschlossenen Augenlider. Die schönen Hände. Die etwas eckigen Schultern.
Oder war ich an meinem Tisch eingeschlafen und hatte geträumt?
Alles nur die Vision eines einsamen Säufers?
»DA ICH HERAUFKAM, DEINEN KLAGEN FOLGEND, SO SAG MIR ALLES KURZ UND OHNE SCHEU, WAS HIER GESCHEHEN IST, DER WAHRHEIT TREU.«
Der Mann im Regenmantel steht neben mir und spricht mit sonorem Organ. Ziemlich betrunken. Mit einer Zweiliterflasche unterm Arm.
»Tut mir leid, ich habe nichts gefangen.«
Ich reiche ihm die Angel.
»Danke«, lehnt er ab, »sagen Sie Isaak zu mir. Sie nenne ich Walter. Der Name paßt zu Ihnen, und ich kann mir ihn merken.«
Er angelt sich die Tüte und macht sich mit staksigen Schritten auf den Weg. »Wir werden Fisch essen. Kommen Sie.« Ich folge ihm mit der Angel über der Schulter.
Isaak ist einen guten Kopf größer als ich. Sein Mantel reicht ihm bis zu den Schuhen. Ein Gesicht ist im üppigen Haargebüsch aus Bart und Haupthaar nicht auszumachen.
Trotz erheblicher Gleichgewichtsstörungen hat er keine Orientierungsprobleme.
Die Straßen werden enger. Die Beleuchtung sparsamer. Der Zustand der Häuser schäbiger.
Isaak bleibt stehen, dreht sich zu mir und sagt: »ACH, ICH WAG ES NICHT, DIR ZU ERZÄHLEN, WELCHE SCHMERZEN UNSERE HERZEN QUÄLEN.«

Er öffnet ein Tor. Ich habe Mühe, ihm in die Dunkelheit zu folgen. Wir kreuzen einen Hof und gelangen durch eine Toreinfahrt auf einen zweiten Hof. Dort erkenne ich die Umrisse eines flachen Gebäudes oder einer Ruine. Mauern mit leeren Fensterhöhlen, ein hervorstehender Dachrest. Katzen kreischen auf dem Dach des Nachbarhauses. Auf der Straße eine Polizeisirene. Über uns atemberaubender Sternenhimmel.

In der Ruine poltert es. Isaak flucht. Licht flammt auf. Ein mannshoher Gerümpelhaufen versperrt mir die Sicht. Vorsichtig umkreise ich ihn.

Unter dem schützenden Dach zwei Bettgestelle mit Matratzen. Auf einem Sofa mit Fransen liegt ein schlafender Mann mit offenem Mund. Auf einem gelbgestrichenen Küchenschrank ein Batteriefernseher. Mit einem Einkaufskorb aus dem Supermarkt als Antenne.

Das Licht kommt aus einer Propanflasche mit abenteuerlicher Brennvorrichtung.

Isaak hockt auf dem Boden und hantiert an dem Brenner. Der gibt Töne von sich. Wie ein Großvater, der Rauchringe für den Enkel produziert.

»Lassen Sie uns ein Glas Wein trinken.«

Isaak setzt die Flasche an den Hals und nimmt einen langen Zug. Dann reicht er sie mir.

»Kümmern Sie sich um ein Feuer, Walter. Ich werde den Fisch zubereiten.«

Ich entdecke die Reste einer Apfelsinenkiste, breche ein paar Leisten heraus und versuche sie mit dem Feuerzeug in Brand zu setzen. Es gelingt nicht.

»Haben Sie eine Zeitung?«

Isaak läßt sich beim Filetieren nicht stören.

»Zum Lesen ist das Licht zu schwach. Sie werden sich die Augen verderben.«
»Ich meine, Zeitungspapier fürs Feuer.«
»Ich dachte, Sie wollen lesen.« Das Thema scheint für ihn damit erledigt. Ich entdecke hinter dem Gebäude einen Strauch. Auf dem Weg zu ihm ramme ich mir das Schienbein. Am Strauch zerreißt mein Jackenärmel. Ich spüre einen scharfen Schmerz. Schicksalhafte Vorgänge, um mein deplaziertes Outfit der Umgebung anzupassen. Endlich habe ich ein paar Zweige beisammen. Auf dem Rückweg finde ich mich besser zurecht.
Im Schein der Propanflamme sitzt der hochgewachsene Mann in Meditationshaltung vor einem flackernden Feuer. Neben ihm, auf einem sauberen Ziegelstein die Fischfilets. Wie er das in seinem angeschlagenen Zustand geschafft hat, bleibt sein Geheimnis.
»Wir bereiten DIE PERSER von Aischylos zur Aufführung vor. Die Premiere wird in Paris sein. Am Ufer der Seine. Ein Schritt in die Öffentlichkeit.«
»Sie sind kein Franzose, Sie sind Deutscher, Isaak?«
»Ich muß an meiner Aussprache feilen. Ich komme aus Gifhorn. Das liegt in Niedersachsen. Ich war Lehrer und Vorsitzender des Karnevalvereins. Dann war ich nur noch Vorsitzender des Karnevalvereins, und schließlich landete ich hier. Eine gradlinige Entwicklung, finden Sie nicht? STEIG ÜBER DEINES GRABES SCHEITEL AUF.«
»Ein bewegtes Schicksal.«
»Sehen Sie, Sie verstehen mich. Ich danke meinem Herrgott, daß er mir die Chance geboten hat. Endlich kann ich Theater spielen. Und ich bin frei.

Aischylos straft in seinem Stück die Hochmütigen ...«
Er greift nach einem Blech und legt es ins Feuer. Dann balanciert er den Fisch vom Ziegelstein auf die provisorische Pfanne. Das Blech stellt sich senkrecht, und der Fisch rutscht aufzischend in die Glut. Mit einer kurzen Stichflamme verbrennt er zu einer schwarzen Mumie.
Unbeeindruckt doziert Isaak weiter: »Es geht nicht um die Hybris des Xerxes. Es geht um die Hybris des Menschen sich selbst gegenüber, gegenüber der Natur. Gegenüber Gott.«
Katzen balgen sich hinterm Gerümpelhaufen.
Isaak nimmt den Ziegelstein, auf dem er eben noch filetiert hat, und wirft ihn in die Finsternis.
»So regeln wir das Problem des schmutzigen Geschirrs.«
Er reicht mir eine zerknautschte Zigarettenschachtel. Ich gebe Feuer.
Wir inhalieren genußvoll. Wie nach einem opulenten Mahl.
Isaak nimmt einen Schluck aus der Flasche. Mich vergißt er. Leise brabbelt er vor sich hin.
Plötzlich wirft er den Kopf ruckartig herum und sagt rasch: »Ich bin homosexuell. Das hat mir im Leben geschadet.«
Er nimmt einen weiteren Schluck.
»Sind Sie auch homosexuell?«
»Nein.«
»Sie brauchen mich nicht zu fürchten. Ich masturbiere im Kopf. Das ist alles.«
»Wann werden Sie DIE PERSER in Paris aufführen?«
»In Bälde. Wir haben noch einiges zu probieren. Wenige Details.«

»Kann ich mir eine Probe anschauen?«
»MIT LAUTEM JAMMER FÜHREN WIR DICH EIN. ACH WEHE, WEHE, WEH UNS ALLEN, WEHE!«
»Warum? Was ist daran so fürchterlich?«
»Der letzte Satz.«
»Den ich gesagt habe?«
»Der letzte Satz bei Aischylos.«
Isaak zündet sich eine neue Zigarette an.
»Darf ich Ihnen eine Frage stellen, Isaak? Über Homosexualität?«
»Nur zu. Ich bin belesen.«
»Mich würde Ihre Geschichte interessieren. Wann haben Sie das erste Mal homosexuell empfunden?«
»Mit 39 Jahren. Meine Kinder waren schon erwachsen.«
»So spät?«
»Ich war Schuldirektor.«
»Wie ging es weiter?«
»Meine Stationen habe ich geschildert. Mehr gibt es dazu nicht zu sagen.«
»Und wie haben Sie gemerkt, daß Sie homosexuell sind?«
»Ich habe plötzlich Männer angesehen.«
»Knaben?«
»Nein, Männer. Männer meines Alters, auch Ältere. Das Sexuelle kam später.«
Der Mann hinter uns auf dem Sofa meldet sich. Wie ein Kind greinend, nach unruhigem Traum. Isaak erhebt sich und bringt ihm die Flasche. Als er zurückkommt, sagt er: »Sein Alkoholkonsum ist bedenklich.«
Er nimmt einen Schluck und reicht mir die Flasche. Ich trinke den Rest.

»Wir wollen schlafen gehen, morgen früh ist Probe angesetzt. Generalprobe. Wir achten streng auf Disziplin.«
»Ich muß Freunde besuchen. Ein paar Kilometer außerhalb.«
»Sie können Xerxes benutzen. Mein Motorrad. Fichtel & Sachs, Baujahr 62. Ich habe mit Xerxes die halbe Welt gesehen. Ich war bei der Maueröffnung in Berlin, leider zwei Tage zu spät. Jedes Jahr Urbi et Orbi in Rom. In London wollte ich Gorbatschow treffen. Leider fehlte mir das Geld für die Fähre.«
»Wo steht Ihr Motorrad?«
»Vor Ihrer Nase. Der Müllhaufen ist in dieser gefährlichen Gegend die beste Garage. Absolut einbruchsicher.«
»Okay, ich nehme Ihr Angebot an.«
»Es kostet Sie nur eine Mama.«
»Eine Mama? Hat das was mit Ödipus zu tun?«
»Eine Mama ist eine Zweiliterflasche.«
»Top. Ich bin einverstanden. Gute Nacht.«
»Auf Wiedersehen.«

Die Sonne sticht in mein Hirn. Ich bin klatschnaß geschwitzt. Mir ist übel. Im Nacken Messerstiche. Ich drehe meinen Kopf zur Seite. Ich blicke in Isaaks Gesicht. Zum ersten Mal liegt es frei. Ein weiches, rosig glänzendes Kindergesicht. Mit einem kleinen, inmitten der Barthaare irgendwie laszív wirkenden Mund. Ein ausgeglichenes, rundum zufriedenes Gesicht. Vielleicht war Isaaks Weggang aus Gifhorn eine richtige Entscheidung.
Isaak hat die Hände in Gebetshaltung unter die

Wange gelegt. Die unter den geschlossenen Lidern stark hervortretenden Augäpfel lassen den Wunsch aufkommen, sein Gesicht zu streicheln.
Mein Resümee der letzten Nacht ist chaotisch. Irgendwann hatte ich den Überblick verloren. Mit Mühe gelingt es mir, die Verabredung mit Isaak zu rekonstruieren.
Ich erhebe mich.
Die Szenerie ist niederschmetternd. Tageslicht und Katerstimmung lassen sie mich so sehen, wie sie ist.
Vorsichtig trete ich an Isaaks Matratze.
»Isaak. Wachen Sie auf. Sie müssen zu Ihrer Probe. Ich wollte das Motorrad ...«
Isaak reißt den Mund auf und schreit: »Boris! Attackeeeeeee!«
Plötzlich steht der Mann vom Fransensofa neben mir. In der rechten Faust einen Schlagring, in der linken ein Stück Eisen.
»Hau ab, du Schwuler!« krächzt er mit rauher Säuferstimme. »Was will die Sau von dir?«
»Klauen wollte er, mir die Jacke ausziehen.«
»Verschwinde, Schnorrer, sonst geht's dir dreckig!«
Der Mann rückt mir bedrohlich auf den Leib.
»Entschuldigung, ein Mißverständnis. Isaak, erinnern Sie sich nicht. Sie haben mir von den PERSERN erzählt, wir hatten ...«
»Was quatscht der, du hast dem von Parisern erzählt. Der spinnt doch. Hau ab.«
Isaak hält sich im Hintergrund. Er kramt unter der Matratze. Während sein Gefährte mich mit der Eisenstange vor sich hertreibt, schießt er von seiner Matratze hoch, ist mit drei, vier schnellen Schritten bei mir, schiebt den Mann mit dem Schlagring bei-

seite und schreit: »Laß mich das machen. Ich will ihn treffen!«
In der Hand hat er ein kurzes Stahlseil, an dessen Ende eine Eisenkugel befestigt ist, groß wie ein Tischtennisball. Isaak macht tänzelnde Bewegungen. Wie ein Boxer. Er bringt die Eisenkugel mit der rechten Faust in rasend schnelle Drehbewegungen. Langsam kommt er auf mich zu.
»Du kleines, feiges Schwein! Schlafende beklauen! Bleib sofort stehen! Ich will dich treffen!«
Sein Blick ist nicht verwirrt. Die Augen sind klein und entschlossen. Das ist kein Amokläufer, das ist ein kühl kalkulierender Killer.
Es gelingt mir, ein paar Meter Abstand zu gewinnen. Rechts von mir bekomme ich ein Brett zu fassen. Es ist zu lang, zu sperrig.
Ich versuche mich trotzdem vor Isaaks Fräse damit zu schützen. Kalte Angst hat mich gepackt. Meine Chancen stehen schlecht. Das Tor zum Hof ist zu weit entfernt.
Mein gemarterter Kopf produziert Schreckensvisionen von zertrümmerten Schädeldecken, verstümmelten Gliedmaßen.
Boris meldet sich geifernd aus dem Hintergrund: »Mach ihn kalt, mach ihn kalt. Das ist nur Notwehr. Ich bin Zeuge!«
Er schleudert einen Ziegelstein.
Isaak heult auf: »Boris, du Idiot! Du hast mich getroffen!«
Mit einem Schmerzgeheul knickt er zu Boden.
Ich nutze die Gelegenheit, drehe mich um meine eigene Achse und renne zum rettenden Tor. Krachend fällt es hinter mir ins Schloß. Im zweiten Hof

steht eine Menschengruppe mit leuchtend weißen Plänen und orangefarbenen Plastikhelmen. Wie für ein Erinnerungsfoto aufgebaut, starren sie mich an.
Ich erreiche die Tür zur Straße. Reiße ein spielendes Kind um. Es schreit im höchsten Diskant. Ich renne die Straße entlang, bis zur nächsten Kreuzung. Ein Parkgelände, Bänke. Spaziergänger mit ihren Hunden.
Auf einer Bank versuche ich zur Ruhe zu kommen. Ich bin gerettet. Unverletzt. Danke meinem Schutzengel.
Die Frau neben mir ruft hastig ihr Kind heran und verläßt die Bank. Ihr letzter Blick gibt mir Veranlassung, eine Inventur vorzunehmen.
Die Frau hat recht.
Zerknitterte Jacke, eingerissener Ärmel. Ein Hosenbein hatte sich wie bei einem Radfahrer in der Socke verklemmt. Am Schuh hängen die Schnürbänder heraus, ein Wunder, daß ich ihn nicht verloren habe. Immer noch nach Luft ringend, lehne ich mich zurück und schließe die Augen.
Die vergangene Nacht rollt ab wie ein surrealistischer Film.

Die Dusche ist heiß, und langsam beginnt mein Gehirn aufzuwachen. Mechanisch führe ich den Duschkopf am Körper entlang, über die Haare, dann runter bis zu den Knien. Dort der Wendepunkt. Hoch und runter. Wie ein ermüdeter Anstreicher. Hoch und runter.
In der Ecke mein Koffer. Am Haken der Anzug zum Wechseln. Mein bestes Stück. Dunkelblau, Trevira.

Nicht der neueste Schnitt. Für Interviewtermine oder Beerdigungen.
Der Mann von der Pizzeria hatte meinen Aufzug mit schlüpfrigem Grinsen kommentiert.
»Monsieur hat sich amüsiert heute nacht. Hoffentlich war die Dame gut?«
Ich murmelte etwas von einem Überfall. Daraufhin wurde er eifrig und redete wie ein Wasserfall.
»Überfall, mein Gott, deshalb sehen Sie so schlecht aus. Sie müssen zu einem Arzt. Sicher haben Sie innere Verletzungen oder einen Schock. Ich rufe die Polizei.«
»Bitte nicht, es ist alles in Ordnung. Es war eher eine kleine Auseinandersetzung. Unter Freunden.«
»Ging es um eine Frau? Erzählen Sie.«
»Ich bin hundemüde, ich möchte zum Bahnhof, zu meinem Zug. Ich muß dringend nach Paris. Geben Sie mir bitte meinen Koffer. Danke für Ihre Anteilnahme.«
Da alles in dieser Welt seinen Preis hat, bekam er seinen Schein und ließ mich laufen.
Wie im Traum stolperte ich durch die Stadt. Fragte Passanten nach dem Weg. Sie blickten mich an wie einen Außerirdischen. Auf dem Bahnhof studierte ich den Fahrplan. Nach langem Suchen fand ich endlich einen Zug. Mir blieben zwei Stunden Zeit.
Im Spiegel eines Sonnenbrillenstandes verstand ich die Reaktion der Leute: Der Serienheld als ausgebrochener Sträfling, als Selbstmörder oder Säufer. Oder alles zusammen. Ich sah mein Bild emotionslos. Wie beim Umschalten des Fernsehkanals.
Beim SERVICE FÜR REISENDE klappte es mit einer Dusche.

Ich schließe die Augen und sehe: Isaak. Isaak am Feuer mit dem verbrannten Fisch. Isaak spielt Texte aus den PERSERN. Isaaks schlafendes Gesicht. Boris mit dem Schlagring. Das Gesicht einer Frau, die ich nach dem Weg zum Bahnhof frage. Am Wangenknochen hat sie eine auffällige Verdickung. Einen Tumor? In der Hand hält sie eine Eiswaffel. Das Eis in einem scheußlichen Maigrün. Ich sehe Teresa. An der Schulter des Mannes mit den schulterlangen Weizenhaaren. Papin krault Ballü an den Ohren. Papin mit dem Telefonhörer. Mit einem Wutschrei feuere ich die Dusche in die Ecke. Durch den Wasserdruck hin und hergeworfen führt sie einen Veitstanz auf.
»Merde!«
Aus der Nachbarkabine höre ich eine gutgelaunte Stimme: »Wer Merde sagt, hat Glück. Sie dürfen jetzt nichts anderes sagen. Nur im stillen etwas wünschen. Das geht in Erfüllung.«
Ich versuche, die Dusche zu bändigen, drehe das Wasser ab.
Papin! Mein Abschiedsbesuch bei Papin!
Ich hatte ihn vergessen.
Um mich besser konzentrieren zu können, hocke ich mich auf den Fußboden.
Leise, um meinen Nachbarn nicht zu weiteren Sprüchen zu animieren, rede ich auf mich ein. Wie ein Therapeut. Ich schlage mir vor, die Körperpflege auf das Notwendigste zu reduzieren, den Koffer in einem Schließfach zu deponieren und mit einem Taxi zum Camp hinauszufahren. Zeitlich müßte das hinkommen. Die Eile würde der Verabschiedung jede Peinlichkeit nehmen. Ausflüchte überflüssig machen. Besonders der Begegnung mit Teresa würde

Tempo gut tun. Sportiv, salopp. Keine Reminiszenzen, keine Nachfragen.
Ich trockne mich hastig ab, aus Zeitgründen verzichte ich auf das Rasieren. Die männlichen Models von Daniel Weiss suggerieren überall von den Plakatwänden die Attraktivität des Dreitagebarts.
In eine Wolke von DAVIDOFF COOL WATER gehüllt, spurte ich durch die Bahnhofshalle zum Taxistand.
Papin hängt am Stahlmast und arbeitet mit einem Schweißgerät. Am Boden Leute seiner Crew. Sie tragen Overalls mit der Aufschrift PAPIN JARDIN DE MAGICIEN. Überall Seilrollen, Werkzeuge, Sauerstoffflaschen. Ein Mann bedient eine Hebebühne. Ein Stromaggregat macht einen ohrenbetäubenden Krach.
Ich winke Papin. Er nickt mir kurz zu und setzt seine Arbeit fort. Ein Arbeiter brüllt mich an. Italienisch. Ich trete zurück. Setze mich auf eine Kiste und warte. Erschrecke. Jemand hatte mich an der Schulter gepackt. Seit der letzten Nacht ist mein Nervenkostüm angeschlagen. Es ist der Taxifahrer.
Im Lärm des Dieselaggregats kann ich ihn nicht verstehen. Schließlich winkt er ab, deutet auf seine Armbanduhr und geht wieder zu seinem Fahrzeug.
Will Papin mir zu verstehen geben, daß ich hier störe?
Gibt es ein Problem mit Teresa?
Hat er von ihren nächtlichen Eskapaden erfahren?
War es vielleicht zu einer Auseinandersetzung gekommen?
Bringt Papin uns in Verbindung? Weil wir im gleichen Lokal waren?
Endlich steigt Papin die Leiter herab, brüllt dem

Mann an der Hebebühne eine Anweisung zu und kommt zu mir.
Er schiebt die Schweißerbrille auf die Stirn und begrüßt mich mit Handschlag.
Recht und schlecht stammele ich den vorbereiteten Text. Der Lärm des Aggregats ist stärker. Papin fordert mich auf, ihm zu folgen.
Wir landen zwischen zwei Wohnwagen. Papin deutet höflich auf einen Liegestuhl, er steigt auf einen hohen Hocker.
Bereitet er eine Verhörposition vor? Er hoch oben, ich als Angeklagter am Boden?
»Sie sehen krank aus. Haben Sie schlecht geschlafen?«
Sätze wie aus einem Sprachkurs für Anfänger.
Auf der Stirn hat er eine mürrische Falte. Bevor ich antworten kann, sagt er übergangslos: »Wir müssen uns kurz fassen. Eine Verspannung ist gerissen. Bis zur Vorstellung bleibt nicht viel Zeit.«
Ich sage rasch: »Ich will Sie nicht lange aufhalten. Bin gekommen, mich zu verabschieden. Alles ist etwas überhastet, ich wollte ...«
Gegen seine Gewohnheit unterbricht Papin: »Sie wollen uns verlassen? Hatten Sie nicht vor, länger zu bleiben?«
»Richtig. Aber der Hoteldirektor hatte etwas dagegen.«
»Aristide? Er ist ein Desperado. Das müssen Sie nicht so ernst nehmen. Mit ihm keine Auseinandersetzung zu haben ist die Ausnahme. Worum ging's denn? Oder besser. Ich rufe ihn an und erledige das. Kein Problem. War das alles?«
»Entschuldigung. Das Problem mit dem Hotel ist

nicht der Grund. Ich habe einen dringenden Rückruf aus Paris. Geschäftlich, verstehen Sie. Meine Fahrkarte habe ich schon in der Tasche, das Taxi wartet und so bleibt eigentlich nur noch ... Die Begegnung mit Ihnen und Ihrer Frau war sehr anregend. Auch Ihr Vater hat mich beeindruckt. Schade. Ich wünsche Ihnen Glück.«
Er reicht mir die Hand.
»Auf Wiedersehen. Es wäre gut, wenn Sie bleiben könnten. Wir leben hier ziemlich abgeschieden. Es gibt kaum Abwechslung. Teresa leidet darunter.«
Papin steht auf und geht ein paar Schritte. Dann dreht er sich um und sagt: »Roy Schafer bleibt noch eine Woche in London. Sein Wohnwagen ist frei. Sie könnten einziehen. Das muß Ihnen nicht peinlich sein. Unter Artisten ist das üblich. Außerdem denke ich, daß Sie uns helfen können. Sagen wir so. Ich heuere Sie an. Was halten Sie davon?«
»Wie könnte *ich* Ihnen helfen?«
»Ich bereite ein neues Programm vor. Ihre Meinung als Regisseur wäre gefragt.«
Wo ist Teresa?
Natürlich, sie ist nicht im Camp. Unter einem Vorwand in der Stadt geblieben. Daher Papins Härte, seine Knappheit.
»Ich weiß nicht, ob ich Ihre Erwartungen erfüllen werde?«
»Dramatisieren Sie die Angelegenheit nicht. Ich will Sie nicht als Fänger engagieren. Ich sehe Sie in der Rolle eines Beraters. Das ist alles. Ohne jede Verpflichtung beiderseits. Ohne Bedingungen und ohne Honorar. Ich denke, auch für Sie könnte diese Arbeit eine Bereicherung sein.«

»Ich komme in Schwierigkeiten, mein Auftraggeber in Paris ...«

»Niemand zwingt Sie. Überlegen Sie. Im LIPA finden Sie Telefon und Fax. Es wäre gut, wenn Sie bleiben könnten. Wenn Sie reisen müssen, reisen Sie.«

Da war er wieder, dieser Blick: Die helle Iris, der scharfe Federstrich.

Er pfeift auf Daumen und Zeigefinger, prompt steht der Italiener neben ihm, und beide gehen zum Werkstattzelt.

Papins Offerte bringt mich aus dem Konzept.

Es dauert eine Weile, bis ich begriffen habe, daß Papin soeben eine Einladung ausgesprochen hatte. Papin höchstpersönlich.

Der klare Entschluß nach meiner morgendlichen Menschwerdung gerät ins Wanken.

Ehrlich gesagt, die Sehnsucht nach Paris hält sich in Grenzen. Was erwartet mich?

Der abgestandene Duft von ROCHAS TOCADE in einer leergeräumten Vierzimmerwohnung und ein bärbeißiger Chef mit Kuchenkrümeln im Bart, der sich über ein trostloses Manuskript lustig macht. Natürlich faszinierte mich die Idee, mit Papin zusammenzuarbeiten. Abgesehen von dem zu erwartenden Material für meinen Text.

Könnte man das vielleicht Schicksal nennen, das uns daran hindern will, sang- und klanglos auseinanderzugehen?

Zu viel der Ehre.

Mister Hillary braucht einen Sherpa Tensing.

»Mein Gott, wie sehen Sie denn aus? Haben Sie die Nacht in einer Opiumhöhle verbracht?«

Vor mir steht Teresa. In knappen Shorts und grünem

T-Shirt mit der Aufschrift PAPIN JARDIN DE MAGICIEN. Die Haare zu einem Pferdeschwanz gebunden. Die Augen leicht umschattet.
»Sie brauchen nicht zu antworten, schließlich sind Sie mir keine Rechenschaft schuldig.«
Und trotz des letzten Satzes ein bißchen bohrend: »Haben Sie die provenzalischen Mädchen, wie sagt man, ›aufgerissen‹, Pan Lobuz*?«
»Ich habe ein paar Studien getrieben und dabei allerlei Erfahrungen gesammelt.«
Ich beobachte sie. Ich sehe keine Reaktion. Wenn sie mich im Tanzlokal gesehen hat, ist sie eine perfekte Schauspielerin.
»Trinken Sie einen Kaffee mit mir. Ich habe scheußliche Kopfschmerzen.«
Logisch. Der Mann mit den Weizenhaaren. Alles andere als ein Liebhaber mit platonischen Ambitionen.
»Danke. Eigentlich bin ich auf dem Sprung. Ich werde abreisen. Mein Taxi wartet auf dem Platz. Aber Ihr Mann hat mir gerade einen Vorschlag gemacht.«
»Er hat Sie zu seiner provenzalischen Wacholdersuppe eingeladen. Keiner kommt daran vorbei.«
»Er hat mir das Angebot gemacht, noch eine Woche zu bleiben. In Roy Schafers Wohnwagen. Und, entschuldigen Sie, es waren seine Worte, und ihn bei der Arbeit an seinem neuen Programm zu beraten.«
»Und wie haben Sie entschieden?«
»Ich bin am Überlegen. Meine Termine in Paris ... andererseits würde mich die Arbeit interessieren. Ich

* poln. »Herr Strolch«

plane seit langem einen Film über Hochseilartisten und ... Wie denken Sie über Papins Vorschlag?«
Gespannt nehme ich Teresa ins Visier. Sie blickt mir gerade in die Augen und sagt: »Sie sind uns noch die restlichen Strophen des INDIAN SUMMER schuldig. Möchten Sie Spiegelei?«
»Was meinen Sie dazu?«
»Zum Spiegelei?«
»Zu meiner Gastrolle.«
»Nicht uninteressant.«

Ich habe mich auf heimisches Terrain zurückgezogen. Unter die Schirmpinie am Berghang. In der Anlage störe ich bei den Vorbereitungen der Abendvorstellung. Das Räderwerk einer perfekt funktionierenden Maschinerie. Die Männer in den lindgrünen Overalls schleppen Dekorationen, befestigen Fahnen, Girlanden. Scheinwerfer werden probegeschaltet. Alle Aktivität in der Gravisphäre eines Zentrums: Papin. Konzentriert, autoritär. Im gewohnten Schwarz, über dem Barett das head-set. Die Crew zollt Respekt.
Heute abend ist die letzte Vorstellung. Die Ferien gehen zu Ende, die Statisten, Schüler und Studenten, müssen zurück in ihre Schulen.
Die folgenden Wochen will Papin für intensive Proben am neuen Programm nutzen.
Und ich werde, meinen Job fest im Auge, ein paar spannende Tage erleben. Das Regime der Arbeit bestimmt meine Handlungen. Eventuelle Weiterungen laufen unter PRIVAT. Das ist legitim. Ich muß nur die Reihenfolge einhalten. Das Dessert nach dem Hauptgericht. Nicht umgekehrt.

RESE.
SCHLAFENDE
KATZE.
P.R.

PAPIN.
P.R.

Das ist alles.
Auf dem Platz werden Fackeln angezündet. Es weht ein leichter Wind. Lange Seidenfahnen bauschen sich träge. Als würden sie langsam erwachen.
Über die Lautsprecheranlage Kommandos. Abstimmungen werden vorgenommen.
Eine tenorale Stimme in überdeutlichem Stakkato: »Eins, zwei, drei, vier, fünf, sechs, sieben, Ende. Erst kürzlich aß ich Schenkelschinken, den tat mir einst Herr Schinkel schenken. Sitz ich in meinem Schenkenwinkel, nenn ich ihn meinen Schinkelwinkel. Acht, neun, zehn. Sis is ämäricän fortzes Netzhemd.«
Ein Fanfarenbläser auf dem Burgsöller testet sein Instrument. Statt seines Täterätä bläst er LET IT BE von den Beatles. Der blinde Kriegsinvalide schießt ein Polaroidfoto von dem Liliputaner mit dem dressierten Bären. Fürs Erinnerungsalbum. Durchs Eingangstor kommt ein Mann mit dem Motorroller gefegt. Auf dem Rücksitz Krücken und Holzbein. Er verschwindet im Garderobencontainer.
Und überall Papin. Zum wiederholten Mal prüft er Verankerungen, Haltetaue. Der Stand der Korbflechterin mißfällt ihm. Er läßt ihn um wenige Zentimeter verrücken. Hier eine kurze Absprache mit den Technikern, da ein Kommando für die Ordner. Papin geht sehr aufrecht. Die Hände in die Hüften gestützt. Sein Gesicht ist bereits geschminkt, er trägt einen Bademantel. Sein Körper wirkt wie eine Stahlfeder.
Erste Zuschauer tasten sich vorsichtig in die Dekoration. Fühlen sich wie Eindringlinge. Andere stoßen dazu, im Kollektiv wird man mutiger.
Musik ertönt. Mittelalterliche, knarrende Instru-

mente. Eine helle Flöte markiert das musikalische Leitmotiv der Königskinder.
Die Vorstellung beginnt.

Viele sind geblieben, um zu feiern. Die Stimmung ist gedämpft, so wie ältere Leute Geburtstage feiern. Oder Junggesellen mit Freunden den letzten Tag vor der Hochzeit.
Eben Feiern, deren Anlaß Abschiede sind.
Es wird gesungen. Weinflaschen gehen von Mund zu Mund, man liest sich witzig gemeinte Chroniken vor, Gedichte, Sketche werden improvisiert.
Papin sitzt mit seinen Mitarbeitern abseits. Über ihren Köpfen das scharfe Licht einer Karbidlampe. Dichte Mückenschwärme anlockend. Am Tisch geht es ruhig zu. Die Männer sind müde. Man kennt sich zu lange, um Schweigen als Makel zu empfinden.
Zwischen einem Knäuel von Tanzenden entdecke ich Teresa. Sie winkt mir zu.
»Sie tanzen gern, Teresa?«
»Leidenschaftlich.«
»Drei Tage kenne ich Sie, drei Mal habe ich Sie tanzen gesehen.«
»Drei Mal?«
»Drei Mal.«
»Wann war das?«
»Einmal in L'Asti.«
»Das war sehr schön.«
»Dann sehe ich Sie jetzt tanzen ...«
»Und das dritte Mal?«
»Sie können sich nicht erinnern?«
»Ich glaube, Sie irren sich.«

»Ich irre mich nie. Drei Mal waren es.«
»Dobrze! Sie haben recht.«
»Und wann war das dritte Mal?«
»Warum machen Sie es so spannend?«
»Für mich ist es nicht ohne Bedeutung.«
»Was heißt Bedeutung?«
»Immerhin habe ich etwas über den Menschen Teresa erfahren.«
»Den Menschen oder die Frau?«
»Gibt es da einen Unterschied?«
»Im Gegenteil.«
»Kennen Sie die Geschichte von Dr. Jekyll und Mr. Hyde?«
»Ja.«
»Welche Figur ist Ihnen näher?«
»Kommt auf die Tageszeit an.«
»Gibt es keine Konflikte? Wie kommen Sie mit beiden klar?«
»Indem ich sie trenne.«
»Jemand könnte darunter leiden. Auch wenn er davon nichts weiß.«
»Sie meinen Pan Papin. Er weiß alles von mir.«
»Und akzeptiert?«
»Natürlich. Sonst würde ich mich anders verhalten. Immerhin hat er mich darauf gebracht. Ich wollte gar nicht.«
»Was geschieht, wenn er sie dabei beobachtet?«
»Dann sprechen wir darüber. Danach.«
»Also ist alles für Sie nur ein Spiel?«
»Ich liebe meinen Mann.«
»Und der andere?«
»Welcher andere?«
»Der Mann mit den weizenfarbigen Haaren?«

»Ich verstehe Sie nicht.«
»Den Mann, mit dem Sie in der letzten Nacht im DEUX COUPS getanzt haben.«
»O bonjour, Monsieur Maigret! Wann soll das gewesen sein?«
»Gestern nacht.«
»Sie meinen doch nicht etwa Mizzi?«
»Schon möglich.«
»Jetzt verstehe ich! Sie haben uns beobachtet. Mein Gott, Mizzi!«
Teresa wirft den Kopf in den Nacken und lacht, tief aus der Kehle. »Mizzi ist unser Manager. Wir haben bis spät in die Nacht am Tourneeplan gearbeitet. Wir waren ziemlich down und sind dann ins DEUX COUPS essen gegangen. Mizzi wollte unbedingt tanzen. Mein Gott, Mizzi! Mizzi ist seit Ewigkeiten liiert mit unserem Koch Jean Paul. Ach Gott, Mizzi! Absurdny Mysl!* Monsieur Maigret, Sie sitzen auf dem verkehrten Pferd. Wir haben uns mißverstanden. Ich meinte mit dem dritten Tanz meine Arbeit auf dem Seil. Mein Gott, Mizzi!
Sie waren auch im DEUX COUPS? Mit Ihren provenzalischen Kokotten?«
»Ich sagte Ihnen bereits, ich habe Studien getrieben.«
»Deren Ergebnis mir ja nun bekannt ist.«
»Dumm gelaufen. Tut mir leid.«
»Ich werde überleben. Kommen Sie, wir gehen zu Papin. Er braucht ein bißchen Trost. Letzte Vorstellungen sind für ihn immer ein kleiner Tod.«
Beim Gang durch die Feiernden fühle ich mich an Teresas warmer, fester Hand gut aufgehoben.

* poln. »Absurder Gedanke!«

Papin scheint sich nur mühsam an mich zu erinnern.
»Ach ja, unser Freund aus Paris. Amüsieren Sie sich gut. Was sagen Sie zur heutigen Vorstellung?«
»Sie hat mir noch besser gefallen als die erste, die ich sah. Sie war die beste.«
»Sie war schlecht. Einige Herrschaften waren schon halb in den Ferien.«
Ein stählerner Blick trifft Teresa.
»Do diaska. Manchmal geht es eben nicht.«
»Das sind Ausreden von Amateuren.«
»Bernard, darf ich Sie mit dem Mann bekanntmachen, der mir wenigstens für eine Nacht den Ruf der femme fatale eingebracht hat.«
Der Mann mit den Weizenhaaren kommt mit den Armen fuchtelnd zu uns und schwadroniert: »Mizzarola, Giuseppe, genannt Mizzi. Der Mann für alle Fälle. Ich hörte bereits von Ihnen. Willkommen in Disneyland. Ich habe Ihren Koffer mitgebracht. Teresa hat den Schließfachschlüssel mit dem Fahrer geschickt. Der Koffer ist etwas defekt. Hoffentlich fehlt nichts.«
Er schwenkt meinen schäbigen Koffer für alle sichtbar hoch über seinem Kopf. Wie das corpus delicti.
»Danke. Danke. Können Sie mir den Wohnwagen von Roy Schafer zeigen. Ich bin hundemüde.«
»Selbstverständlich. Der Fürst ist der erste Diener seines Staates. Bitte folgen Sie mir unauffällig.«
Ich verabschiede mich in die Runde: »Bitte haben Sie Verständnis. Ich habe ein kleines Schlafdefizit. Gute Nacht allerseits.«
Papin verabschiedet mich mit Stahlfederblick. »Um fünf Uhr dreißig pflegen wir gemeinsam zu turnen.

Mit freiem Oberkörper. Eine Stunde. Zu den Klängen der Sechsten Sinfonie von Gustav Mahler.«
Rundherum großes Gelächter.
Als ich mit Mizzi vor dem Wohnwagen stehe, höre ich die zweite Lachsalve. Wahrscheinlich hatte Teresa meine peinliche Nachtstory zum besten gegeben.
Hastig bedanke ich mich bei Mizzi.
Ich bin froh, eine Tür hinter mir schließen zu können.

Der Schlaf war vernichtend gewesen. Die Haare naßgeschwitzt. Der Magen umwölkt. Im Mund der Geschmack von Mottenkugeln.
Ich blicke aus dem Fenster des Wohnwagens. Das Camp ist wie ausgestorben.
Ich öffne die Tür und steige die Trittleiter herunter.
Heiß würde es wieder werden. Der Himmel hat die Farbe von Spülwasser. Irgendwo eine afrikanische Sonne.
Vom Berg der lasche Duft der Zistrosen.
Unter dem Plastikvordach wütet eine Hummel.
Die Fenster der Wohnwagen sind verhängt.
Kein Mensch ist zu sehen.
Ich unternehme einen Spaziergang.
Jeder Wohnwagen hat sein eigenes Gesicht. Bizarre Konstruktionen. Kostspielige Einzelanfertigungen, mit Sonnendecks, Veranden, Swimming Pools mit Fischernetzdekorationen. Manchmal auch Gärten, mit bonbonbunten Zwergen und niedlichen Springbrunnen. Regenschirmgroße Satellitenanlagen – Weltenbummlers einzige Brücke zur entlegenen Heimat.

Kreuz und quer geparkt Geländewagen, eine Handvoll Kleinwagen, geländegängige Motorräder. Wie nach abendlichem Zapfenstreich achtlos abgelegte Kinderfahrräder. Die Nonchalance betuchter Individualisten. Mit dem entsprechenden Kalkül Zweckmäßigkeit.
Auch um Papins LIPA herrscht Ruhe.
Ballü kommt mir wedelnd entgegen. Er legt die Vorderpfoten auf meine Schultern und läßt sich den Bauch kraulen.
Am Pfahl hängt eine Dart-Zielscheibe. In einem Eimer mit leeren Flaschen entdecke ich Wurfpfeile. Auch unbeobachtet gelingt es mir nicht, den Pfeil auf der Scheibe zu plazieren. Mit kläglichem PLUP landet der pinkschwänzige Pfeil in einer Plastikwanne. Ballü winselt am Tor. Ich versuche, es zu öffnen. Überraschend leicht bewegt sich der mächtige Flügel. Ich trete auf den Platz hinaus.
Überall Spuren der nächtlichen Feier.
Mit Tellern und Flaschen zugestapelte Tische. Sitzbänke zum Karree zusammengestellt, Grillgestelle mit verklebten Ascheresten. Ein paar Feuerstellen mit schnurgeraden Rauchfäden.
Ein Schwarm Spatzen flüchtet aufkreischend in den Himmel.
Nirgends kann ich eine gefüllte Flasche finden. Die Nacht im Wohnwagen hat mich ausgedörrt.
Wie ein Clochard schnüre ich suchend um die Tische herum. Isaak, der Grausame, hätte seine helle Freude an mir gehabt.
Plötzlich entdecke ich Papin.
Er steht auf dem Seil.
Unbeweglich.

Mit einer Balancierstange. Ganz in Schwarz. Mit kreisrunden Sonnengläsern.
Er bewegt die Lippen. Meditiert er?
Ich ziehe mich zurück ins Camp. Meine Gastrolle soll nicht schon am ersten Tag als störend empfunden werden.
»Dzień dobry, mói przyjaciel.«*
Teresa steht vor mir.
»Wo bleiben Sie? Ich warte mit dem Frühstück. Vor einer Stunde habe ich an Ihre Tür geklopft. Es hat sich nichts gerührt. Möchten Sie duschen? Das meerblaue Ungeheuer dort hinten ist der Sanitärtrakt. Sie finden dort alles. Sie können auch die Sauna benutzen.«
Schließlich sitzen wir einträchtig beisammen. Auf dem Frühstückstisch Früchte, Obstsäfte, Toast, Joghurt und Eier. Teresa trinkt schwarzen Kaffee. Ihr zuliebe würge ich eine dünne Toastscheibe herunter. Papin pafft einen bleistiftdünnen Zigarillo.
Wir vertiefen uns schweigend in die eingetroffenen Zeitungen. Dann erhebt sich Papin und sagt: »Ich fahre mit Mizzi ins Stadtbüro, genehmigen Sie sich einen Urlaubstag. Wenn Sie ein Auto brauchen, bedienen Sie sich. Bis auf den Rover sind sie Eigentum aller. Heute abend treffen wir uns hier zum Essen. Dann werde ich Sie mit meinem Plan vertraut machen. Do widzenia.**«
»Wenn Sie eine Frage haben, ich bin den ganzen Tag im LIPA«, sagt Teresa. Sie trägt Base-Cap und T-Shirt. Als sie sich erhebt, sieht sie aus wie ein Mädchen, das sich auf den Schulweg macht.

---

* poln. »Guten Tag, mein Freund.«
** poln. »Auf Wiedersehen.«

»Sie brauchen nicht beim Abräumen zu helfen. Wir haben präzise Arbeitsteilungen. Keine Sorge, Sie bekommen auch Ihre Aufgabe.«

Ich biege auf die Landstraße, schalte den Wagen hoch und genieße die Geschwindigkeit. Der Landcruiser vibriert vor Kraft. Der Motor läuft ruhig. Die Unebenheiten der Straße verlieren sich im ausgeklügelten Fahrwerk.
Die Klimaanlage leistet ganze Arbeit, die Hitze des Vormittags ist nur am Flimmern der Luft über der trockenen Ebene auszumachen. Die schnurgerade Landstraße vor mir sieht aus wie ein Fluß. Hätte ich eine Bugwelle, könnte ich Kapitän einer Motoryacht sein. Ich fühle mich frei und gröle:

> Marie, sieh den Hügel aus Samt
> Rieche lustvoll erste Fäulnis der roten Blätter
> Lausch dem Valet der ziehenden Vögel
> Und reich mir meinen Chablis.

Wie über Fernhypnose gesteuert, biege ich in die schmale Straße nach L'Asti ein. Heute erkenne ich die Hinweise der Landschaft präziser: Cézanne, van Gogh, Paul Signac, Maurice Vlaminck.
Schnell habe ich L'Asti erreicht. Ich parke den Landcruiser auf dem Kirchplatz. Nach kurzem Spaziergang durch die in der Mittagshitze dahindösende Stadt stehe ich vor dem Tor des Kirchgartens. Ich drücke auf die Klinke und tauche in das üppige Grun der Obstbäume ein. Papin vor zwei Tagen nachahmend, rufe ich: »Ist jemand zu Hause?«

Keine Antwort.
Ich gehe ein paar Schritte und stehe vor dem alten Holzhaus im Schatten der Kirche. Der Bau hat zwei Stockwerke, ist alt und rissig und wirkt irgendwie verhutzelt. Unterm Dach Geranienbüsche über einer Balkonbalustrade. An der Eingangstür die verwitterte Inschrift: NORD SÜD OST UND WEST ZU HAUSE AM BEST.
Ich klopfe an die Tür.
Im Inneren höre ich ein Geräusch: Ein Stuhl wird gerückt. Jemand hustet.
Die Tür öffnet sich.
Bobesch steht vor mir.
Die Kleidung ist unverändert: kariertes Hemd, blaue Wollmütze. Aber der Mann wirkt fremd. Er ist blaß, die Augen blicken abwesend, seine Haltung ist gebückt. Wie das Haus.
Einen Moment blickt er mich fragend an. Dann hat er mich erkannt. »Freund aus Paris. Bitte entschuldigen Sie meine Begriffsstutzigkeit. Ich habe geschlafen. Ich freue mich über Ihren Besuch. Bitte treten Sie näher.«
Seine Stimme ist kratzig, immer wieder wird der Körper von einem Hustenanfall geschüttelt.
Er führt mich in ein niedriges Zimmer. An den Wänden Bücher, am Fenster ein schmales Soldatenbett, daneben Schreibtisch und Ledersessel. In der Ecke ein Stuhl.
»Bitte, nehmen Sie Platz. Sœur Julie ist zu Besuch bei ihrer Schwester. Ich kann Ihnen einen Tee kochen. Oder möchten Sie lieber etwas Kaltes. Im Keller habe ich einen schönen alten Rotwein?«
»Besten Dank. Aber dafür ist es etwas zu früh. Ich

möchte Sie nicht lange aufhalten. Tut mir leid, daß ich Sie bei Ihrer Siesta gestört habe.«
»Ich bitte Sie. Es geht mir heute nicht gut, ich würde Sie sonst gern durch unsere schöne Stadt führen. Es gibt eine sehr gut erhaltene Zisterne aus der Zeit der Römer ...«
»Sind Sie krank?«
»Ach wissen Sie, in meinem Alter werden die Gründe für allerlei Malessen immer nebulöser. An manchen Tagen geht es, an anderen geht es gar nicht. Wie ein alter Baum, bei günstigem Sommerwetter strahlt er wie ein Jüngling, und vor grauem Himmel sieht er aus, wie es ihm zusteht: wie ein alter Baum. So geht es mir heute und hat mich wie ein altes Weib ins Bett kriechen lassen. Da helfen weder Arzt noch Pillen. Wie sagt der Dichter: Da steh ich, ich entlaubter Stamm. Aber lassen wir das. Es gibt Amüsanteres. Erzählen Sie von sich. Sie sind Filmregisseur. Welcher Art sind die Filme, die Sie machen?«
»Dokumentarfilme. Ich erzähle über Land und Leute. Über Probleme des Lebens am Beispiel konkreter Personenschicksale. Keine fiktiven Geschichten, eher Alltag. Wobei natürlich die Grenzen fließend sind.«
»Womit beschäftigen Sie sich zur Zeit?«
»Mit Hochseilartistik Wahrscheinlich mache ich einen Film über Papin. Auch aus diesem Grund bin ich hier bei Ihnen.«
»Eine Art biographische Arbeit?«
»Meine Arbeit steht ganz am Anfang. Ich versuche, während der Recherchen das Thema möglichst weit zu fächern. Die Konturen ergeben sich später von selbst.«

»Sind Sie ein Freund von Papin?«
»Wir kennen uns erst wenige Tage. Ich bin gern mit beiden zusammen.«
»Mit beiden?«
»Teresa und Papin.«
»Ja, natürlich. Teresa ist eine wunderbare Frau, finden Sie nicht?«
»Ja. Sie kann sehr warmherzig sein.«
»Ich kenne sie auch als Biest.«
»Menschen, die nur gut sind, langweilen.«
»Richtig.«
Bobesch ist höflich. Bemüht sich, ein aufmerksamer Gastgeber zu sein.
Aber heute ist er unkonzentriert. Seine Worte wirken angestrengt.
Wo ist der selbstsichere Mann, den ich vor ein paar Tagen kennengelernt habe. Der lebenslustige, witzige Genießer? Der souveräne Gastgeber? Der Don Camillo, der einen ganzen Ort in Trab halten kann?
Eine kleine Wanduhr mit zwei Porzellanjungfrauen schlägt. Die gestickten Leinengardinen am Fenster bauschen sich. Im Garten lärmen Zikaden.
Auf dem Bett ein aufgeklapptes Buch, ein zerknülltes Handtuch.
Bobesch sitzt im Stuhl hinter dem Schreibtisch, den Kopf in die Hände gestützt. Die Augen geschlossen. Schläft er?
»Wie würden Sie Ihren Sohn beschreiben?« frage ich vorsichtig.
»Meinen Sohn ...« Bobesch scheint von weither zu kommen. Verwirrt blickt er mich an, dann senkt er den Kopf.
»Er ist hart.«

Die Worte kommen rasch. Beinahe hastig.
»Er ist ein unruhiger Mensch. Er ist egoistisch, anmaßend. Die Schattenseiten des Talents. Als Künstler gehört er wohl zu den Begnadeten. Damit meint er für sein Verhalten eine Berechtigung zu haben ... Als Freund ist er vielleicht ein Glücksfall. Als Sohn – eine einzige schlaflose Nacht ...«
Seine Stimme ist immer leiser geworden. Die Antwort wird zum Monolog. Bobesch scheint mich vergessen zu haben.
»Andere Kinder küssen ihre Eltern. Papin schüttelt die Hand. Es wäre töricht, aus diesem Verhalten den Grad der Zuneigung abzulesen ... Unsinn! Den Fehler will ich nicht machen. Auch mein Vater hat mich nie geküßt, das gehörte sich einfach nicht. Es war aber eine andere Zeit ... Ich bin ein anderer Mensch. Eher impulsiv, emotional, ich gebe zu, hinter dieser Schale verstecken sich auch Scheuheit, Ängste, aber ich liebe die Menschen, es ist schwierig mit dem Zusammenleben ...«
Er verstummt. Ich lasse ihm Zeit.
Nach einer Weile: »Wissen Sie, als Künstler ist Papin Perfektionist. Ein hervorragender Psychologe bei der Arbeit mit dem Team. Aber als Sohn ist er hilflos. Das will nicht recht zusammenpassen, meinen Sie nicht? Es hat lange gedauert, bis ich begriffen hatte, daß es nicht Gleichgültigkeit ist, geschweige denn fehlende Liebe, sondern die Unfähigkeit, sich zu öffnen. Ich weiß heute, daß ich ihm oft unrecht getan habe. In meinem Unverständnis. Jetzt geht es etwas besser mit uns, bleibt aber schwierig ... ich kann eben nicht mit der Umarmung zur Konfirmation meine Rolle als Vater beenden. Auch wenn der Sohn eine

Berühmtheit geworden ist. Ich kann das nicht. Er bleibt immer mein Sohn. Das gleiche erwarte ich auch von ihm.«
Nach einer langen Pause: »Er ist spröde. Ich weiß nichts über ihn. Vielleicht geht er zu sehr in seiner Arbeit auf. Gerät dort mit seinen Mitteilungen über sich an seine Grenzen. Möglich ... Mit Teresa habe ich oft über ihn gesprochen. Auch sie ist manchmal verzweifelt und leidet an seiner Einsamkeit. Sie ist im Gegensatz zu mir fest der Überzeugung, daß er unter diesem Zustand leidet. Ich denke dagegen, daß er seine Umwelt zeitweise überhaupt nicht registriert. Es gibt Phasen, in denen er regelrecht zum Autisten wird. Über Wochen ... Verstehen Sie mich nicht falsch. Ich liebe meinen Sohn sehr.«
Mechanisch greift Bobesch nach einer Zigarre, versucht sie anzuzünden. Legt sie wieder weg.
»Vielleicht kümmern Sie sich etwas um ihn. Ich hatte den Eindruck, in Ihrer Gegenwart ist er gelöster, manchmal wie früher ... jungenhaft ...«
Ein heftiger Hustenanfall schüttelt den Körper.
»Ich werde die verdammten Zigarren lassen müssen. Sie sind nicht mehr das, was sie mal waren. Früher schmeckten sie besser und kosteten die Hälfte.«
»Es ist besser, wenn Sie sich wieder hinlegen, Maître. Ich will nach Vauvenargues zum Grab Picassos fahren.«
»Nein, bitte bleiben Sie. Ich habe wenig Gelegenheit mit Menschen über dieses Thema zu reden. Ich bin dazu verurteilt, immer die Rolle des Gebenden zu spielen. Das ist mitunter anstrengend und geht über meine Kräfte. Ich will mich nicht über meinen Sohn beklagen. Er muß sein Leben leben, ich das meine. Er

ist ein zuverlässiger Partner. Sorgt großzügig für mich. Aber das ist doch nicht alles, er ist doch mein Sohn ... er ist mein Fleisch und Blut ... Aber seit diesem Tag ... diesem grausamen Tag ... Seit diesem Tag ist etwas in ihm zerbrochen ... sein größter Feind ist seitdem er selbst ... ständig kämpft er ...«
Bobesch ist eingeschlafen.
Ich sitze still in meinem Sessel.
Auf dem Tisch Medikamente. Ein Teller mit Suppe, halb gegessen. Krakelig beschriebene Zettel.
An der Wand, neben dem Kruzifix, ein signiertes Foto von einer Jazzgröße.
Ein gerahmtes Gedicht von Rimbaud.
In kostbarem Rahmen ein Engelsreigen. Rudiment des ehelichen Schlafzimmers? Hinter dem Goldrahmen klemmt eine Ansichtskarte mit einer Schneelandschaft.
Soll ich mich zurückziehen? Bobesch wäre sicher gekränkt.
Ich fasse mich in Geduld.
Ich wache am Lager eines Kranken.
Was hatte Bobesch von diesem Tag gesagt? Ein Streit? Eine Auseinandersetzung?
Bobesch schlägt die Augen auf.
»Unsere Musik hat Ihnen gefallen? Wissen Sie, es ist nicht immer einfach, diese Hinterwäldler bei der Stange zu halten. Sie hängen zu sehr an ihrem Trott. Wenn wir gut drauf sind, können wir Berge versetzen. Herrgott, ich rede und rede. Die Pflicht ruft. Nehmen Sie es mir nicht übel, ich muß zu einem Kranken. Fühle mich viel besser. Das Gespräch hat mir gut getan. Sie sind ein begabter Therapeut. Kommen Sie bald wieder, ich würde das Thema

gern vertiefen. Ich habe Sie zu wenig zu Wort kommen lassen. Egoismus ist wohl eine Familieneigenschaft.«
Mit der bekannten Behendigkeit ist er auf den Beinen, ergreift meine Hand und führt mich wie den zählebigen, letzten Kneipengast zur Tür.
»Ihre Arbeit interessiert mich. Ich hoffe, wir werden bald Gelegenheit haben, ein bißchen über das Leben zu philosophieren. Auch unser Jesus-Thema habe ich nicht vergessen. Was halten Sie vom nächsten Montag? Das ist der freie Tag des Gottesmannes. Rufen Sie vorher an. Ich möchte dann besser in Form sein, nicht so eine schlappe Krake wie heute nachmittag. Grüßen Sie meinen Sohn und Teresa. Oder sagen Sie besser nichts von unserem Gespräch. Es könnte meinen Sohn irritieren. Leben Sie wohl.«
Wir waren im Garten angelangt. Der kleine Mann mit dem Hemingway-Bart steht in der Tür des altersschwachen Holzhauses und winkt. Mit einer kindlichen Patschhand. Ich schließe die Gartentür hinter mir und gehe zum Landcruiser. Sicher hatte ich mir den Besuch anders vorgestellt. Amüsanter. Ich fühle mich wie in einem Sog.

Als Vorspeise gibt es Lauchsuppe. Hauptgang: Gefüllte Hammelkoteletts mit Karotten. Reis aus der Camargue und Salade Nicoise.
»Er hat keinen Wein getrunken?«
Papin raucht seinen bleistiftdünnen Zigarillo. Seine Frage kommt überraschend für mich. Ich hatte von meinem Besuch in L'Asti lange vor dem Essen berichtet.

»Er bot mir Wein an. Als ich ablehnte, war das Thema erledigt.«
»Ich werde nachher mit ihm telefonieren.«
Teresa bringt den Kaffee.
»Pan, laß uns nach L'Asti fahren. Wenn Bobesch im Bett liegt, ist er krank. Ich mache mir Sorgen. Am Telefon sagt er nicht die Wahrheit.«
»Ein unangemeldeter Besuch würde ihn jetzt beunruhigen.«
Teresa räumt das restliche Geschirr weg und sagt beiläufig: »Sie haben übrigens Post bekommen, Bernard.«
»Das kann nicht sein. Niemand weiß, daß ich hier bin.«
»Vielleicht ist Ihnen ohne Ihr Wissen jemand auf der Spur. Haustiere und verliebte Damen folgen ihren Herren ohne Kompaß. Alte anatolische Spruchweisheit.«
»Seit wann können Katzen Briefe schreiben?«
»Eins zu null für Sie. Wer möchte noch Kaffee?«
Papin erzählt von seinem Gesprächstermin in Aix. Teresa hört konzentriert zu.
Was für einen Brief meinte sie?
Wenn das ein Scherz sein sollte, was wäre daran komisch?
»Entschuldigung, was ist mit dem Brief?«
Teresas Überraschung ist gespielt:
»Ach ja, ich vergaß ... einen Augenblick, ich hole ihn.«
Tatsächlich überreicht sie mir ein Kuvert. Unter meinem Namen in großen Druckbuchstaben: PAPIN DE JARDIN MAGICIEN.
Ich öffne den Umschlag.

Monsieur le directeure d'Hotel LE COQ DE BRUYÈRE höchstpersönlich wünscht mir einen »in jeder Hinsicht erfreulichen Urlaubsaufenthalt« und zeigt sich »absolut untröstlich« darüber, daß durch eine »höchst unglückliche Verkettung von Ereignissen geradezu schicksalhafter Natur« mein Aufenthalt in seinem »international renommierten Hause« so plötzlich ein Ende gefunden habe. Natürlich würde er sich glücklich schätzen, wenn der »bekannte Herr Filmregisseur zu den von ihm gewünschten Modalitäten wieder in unserem Hause Quartier beziehen würde.«
In der Anlage »the little forgetfulness«.
Verbindliche Grüße Aristide d'Lombard, Directeur Principal d'Hotel LE COQ DE BRUYÈRE.
Sorgfältig verpackt die Kassette INDIAN SUMMER.
Natürlich, ich hatte sie im Mietwagen vergessen.
Papins Wort hatte offenbar nicht nur im Camp Gewicht.
»Das Hotel hat mir die Kassette INDIAN SUMMER. nachgeschickt. Ich hatte sie im Mietwagen vergessen. Wenn Sie Lust haben, können wir sie jetzt hören.«
»Sind Sie mit dem Schreiben des Direktors einverstanden?« fragt Papin und bleibt mit dem Blick auf der untergehenden Sonne.
»Die Servilität in Person. Ekelhaft.«
»Hat er Ihnen den Zimmerpreis der Katastrophennacht zurückerstattet?«
»Nein.«
»Good for nothing!« flucht er leise und wirft den funkensprühenden Zigarillostummel in den Sand.
»Ich möchte die Kassette hören«, sagt Teresa.
Papin erhebt sich, nimmt die Kassette und ver-

schwindet im LIPA. Der Himmel glüht. Die Bäume am Horizont wirken wie Scherenschnitte. Über uns zeigt sich bereits der Mond. Wie ein zu früh gekommener Partygast.

Und wie zur Untermalung der Abendstimmung erklingt INDIAN SUMMER. In bester Klangqualität. Die hochwertige Anlage schmeichelt dem Barden.

Nach den letzten Klängen setzt sich Papin in seinen Sessel: »Sie haben besser gesungen. Uneitel. Man konnte dem Text besser folgen. Ihre Trauer war echt.«

»Beide Darbietungen haben ihren Reiz.« Teresa stellt Wein und einen Korb mit Früchten auf den Tisch. »Pan Papin, bitte spiel das Lied noch einmal.«

Die Luft ist wunderbar. Eine sanfte Brise bringt Kühlung vom Wasser.

Über den Hügeln das letzte Leuchten der untergehenden Sonne.

Mücken tanzen um die Kerzenflamme. Allzu Kühne verbrennen knisternd.

Drei Menschen widmen sich dem Schachspiel ihrer Gedanken.

Marie, du warst mein Kartoffelfeuer
Marie, du warst mein Eau de feu
Marie, du warst mein Cadmiumrot
Mein Sarg, meine Wiege,
Mein Juli, mein Februar.

»Ich möchte die Geschichte der Zerstörung des Erdballs erzählen«, sagt Papin in die Stille. »Mit den Möglichkeiten, die mir zur Verfügung stehen. Um Aufmerksamkeit zu erlangen, bedarf es außergewöhnlicher Zeichen. Die artistische Sensation könnte

so ein Versuch sein. Das bedeutet, Grenzbereiche auszuschreiten.«
Papin hat beide Hände auf den Tisch gelegt. Sein Blick geht in die Weite. Als referiere er vor einem Auditorium.
»Das Projekt befindet sich in der Anfangsphase. Zentrum wird der brennende Erdball sein. Ich habe zusammen mit Roy Schafer Tests gemacht. Die Kugel existiert bereits als Modell. Im Maßstab 1:1. Der Durchmesser beträgt ungefähr vier Meter. Eventuell wird sie größer. Ein Mensch im Inneren wird sie über das Seil bewegen können.
Ich möchte die Genesis der Welt erzählen. Von der Entstehung bis zum heutigen Tag. Bis zum Morgen. Das geschieht auf einem Weg von einem halben Kilometer auf dem Seil. Die Oberfläche der Kugel wird ständigen Veränderungen unterzogen, das Material wird sich ›verwandeln‹. Bis hin zum Feuerinferno. Im Kugelinneren werden Teresa und ich arbeiten.
Roy Schafer verhandelt in London mit verschiedenen Firmen, mit Wissenschaftlern der Universität. Es gilt eine synthetische Faser zu entwickeln, die den Anforderungen entspricht. Sie muß leicht, hochgradig flexibel und feuerfest sein. Die Flammen müssen eine Zeitlang lodern. Das Fanal muß am Himmel stehen. Die Beschichtung muß die Hitze nach innen abschirmen. Zumindest eine gewisse Zeit. Das muß präzise berechnet werden.
Gestern kam von Roy Schafer ein positiver Bescheid. Die Folie für die ersten Versuche liegt abholbereit. Es müssen nur noch ein paar Zollformalitäten erledigt werden. In den nächsten Tagen wird er zu uns stoßen. Bis dahin kann ich mich auf die inhaltliche Seite kon-

zentrieren. Und jetzt kommt Ihr Part. Sie sind durch Ihre Arbeit gewohnt, visuell zu denken.«
Papin hatte leise gesprochen. Wie ein Schauspieler, der vor der Vorstellung seinen Text repetiert. Emotionslos. Zum Ende hin schneller werdend. Als nahe der Auftritt.
Ich lasse mir Zeit mit meiner Antwort.
Papins Idee hat mich überzeugt. Seine Idee ist faszinierend. Aber, kann ich seine Erwartungen erfüllen? Ist das jetzt der Augenblick der Wahrheit? Jetzt beginnt *mein* Balanceakt. Für eine Umkehr ist es zu spät. Vorsichtig taste ich mich heran. Nicht zu viel Emphase. Das wirkt amateurhaft.
»Ich habe Sie verstanden. Der Zuschauer soll eine Geschichte erfahren. Sie erleben. Es geht um Aussage von Bildern. Das erfordert eine Dramaturgie.«
»Die Geschichte muß einfach bleiben. Keine Psychologie. Das steht sicher im Gegensatz zu dem, wie Sie Ihre Arbeit verstehen. Ich brauche Endpunkte statt Wegstrecken ... Zeichen ... Symbole ...«
»Assoziationen.«
»Richtig.«
»Die Geschichte ist klar und überschaubar. Vielleicht zu anonym?«
»Ich verstehe Sie nicht.«
»Zu anonym. Wo bleibt der Mensch? Taucht er überhaupt auf?«
»Zunächst erlebt der Zuschauer ein kosmisches Schauspiel. Erst am Schluß erfolgt die Reinkarnation. Der Mensch entsteigt der Asche. Das Paar. Die Schöpfung beginnt neu.«
»Die Ursache der Vernichtung ist doch nicht kosmischer Natur?«

»Natürlich nicht. Erdball assoziiert Mensch. Als Verursacher der Katastrophe. Das ist vorauszusetzen.«
»Für die Kausalität ist der Mensch konkret erkennbar wichtig.«
»Es geht um Geschichte, nicht um Geschichten.«
»Ich sehe darin keinen Widerspruch.«
»Es geht um Symbole, nicht um Illustrationen.«
»Das habe ich verstanden.«
Teresa mischt sich ein: »Ich finde den Menschen wichtig. Symbole, das bedeutet unabwendbare Fügungen. Eherne Gesetzmäßigkeiten. Irgendwie Schicksalhaftes. Der Mensch als konkretes Wesen bringt Unwägbarkeiten ins Spiel. Auf unsere Arbeit übertragen: Spannung.«
»Es geht nicht um ein Theaterstück.«
»Pan, gib es zu, dich fasziniert nur die Darstellung des Infernos?«
»Der Begriff Inferno ist für mich nicht ausschließlich negativ besetzt, ähnlich wie Chaos ... Ginge es mir wirklich nur um die Darstellung des Infernos, wäre das einzig Sache zwischen Roy Schafer und mir. Ich halte mich völlig offen, hasse nur wie der Teufel das Weihwasser jede Form von Verkleinerung. Also lieber das Ziel hoch ansetzen und dann reduzieren, als umgekehrt. Einfachheit soll entstehen. Wie der alte Genießer, der am Schluß seines Lebens die Köstlichkeit von Quellwasser entdeckt.«
Ich bin überrascht. Ich hätte befürchtet, daß Papins Härte, seine Herrschsucht unsere Zusammenarbeit erschweren würden. Hatte meine harmoniesüchtige Seele bereits in Konflikten gesehen. Die Befürchtung stellte sich als überflüssig heraus.

Selten habe ich Papin so sacht erlebt. Fast sokratisch gelassen. Das war nicht der Besessene, der autoritäre Perfektionist. Das war der sich seines Könnens bewußte Souverän. Der besonnene Grübler. Der Mensch, der persönliche Eitelkeiten hinter sich gelassen hat. Ein Mensch, der sich einer großen Aufgabe verpflichtet fühlt.
Teresa sagt vorsichtig: »Gibt es in deinem Inferno auch ein bißchen Humor, mein großer Pan?«
Papin lächelt, massiert sich mit Daumen und Zeigefinger den Adamsapfel, als wolle er ihn anspitzen: »Würde die Frage am Ende der Vorstellung gestellt, hätte ich nichts dagegen einzuwenden, würde sie nicht als Kritik empfinden. Sie wäre Bestätigung meiner Intention.«
»Szkoda*, Pan Papin, jetzt bist du zynisch.«
»Królowa matka Teresa**, kynikus steht griechisch für hündisch. Bernard, sie hat mich soeben hündisch geschimpft. Helfen Sie mir.«
»Beleidigen Sie nicht Ballü und Flic. Sie sind höchst ehrenwerte Charaktere. Schauen Sie nur, wie Ballü verantwortungsvoll über uns wacht. Nichts scheint ihr wichtiger als unsere Sicherheit. Teresa hat es positiv gemeint, Maestro.«
Teresa mit Größe: »Bravo. In anderen ehelichen Gemeinschaften pflegt man zu dieser Stunde nur noch dumpf zu schweigen. Wäre Ihnen das lieber, Pan Kläger?«
Papin mimt den in Bedrängnis Geratenen: »Ich schwöre bei der Ehre meiner Steuerberaterin, ich bin

---

* poln. »schade«
** poln. »Königin Mutter Teresa«

für Kommunikation. Ich will durch ein schöneres Leben alles wieder gutmachen.«
»Glück gehabt, Verleumdungskläger. Wir erklären die gesetzlich zustehende lebenslange Verbannung zu Monsieur Aristide ins Hotel COQ DE BRUYÈRE für hinfällig und verdonnern Sie zur Bereitung einer Kanne Kaffee. Einspruch abgelehnt.«
Papin zieht sich mit einer devoten Verneigung zurück. Wir räkeln uns feixend in unseren Sesseln.
Papin summt im Küchenwagen INDIAN SUMMER.
Die allgemeine Heiterkeit hat die Hunde zum Leben erweckt. Mit den Schwänzen wedelnd, umkreisen sie den Tisch.
»Wie geht es Ihrem Kätzchen?«
»Malina? Sie braucht noch viel Schlaf. Sie liegt im LIPA. Ballü und Flic haben sie akzeptiert. Ich hatte Probleme erwartet. Das Gegenteil ist eingetreten. Sie behandeln sie gönnerhaft als ihren Welpen.«
»Malina ... das ist ein polnischer Name?«
»Ja. Er bedeutet Himbeere. Wegen der roten Farbe.«
Papin kommt mit der dampfenden Kanne.
»Ich beharre auf den Symbolen. Der Mensch führt zu Verkleinerungen. Aus Dante wird Disney.«
Ich sage: »Man könnte den Menschen mit dem Feuer spielen lassen. Vielleicht mit flammenden Keulen jonglieren?«
»Ein poetisches Bild. Aber eben poetisch.«
»Und was ist daran schlecht?«
Teresa hat ihre kämpferische Position noch nicht aufgegeben.
Papin lenkt ein: »Was heißt schlecht ... Wir werden verschiedene Varianten ausprobieren. Vorläufig sind der Phantasie keine Grenzen gesetzt.«

Teresa schrill wie eine Suffragette: »Du hast etwas Wichtiges vergessen!«
Papin zuckt zusammen: »Was denn?«
»Den Zucker.«
»Herrje, ich habe extra Capuccino gemacht, um das hohe Gericht freundlicher zu stimmen. Nun das.«
»Der strafrechtlich relevante Bestechungsversuch wurde zugegebenerweise durch die Art der Bestrafung provoziert, daher erfolgt nur eine öffentliche Mißbilligung. Wenn Sie, Angeklagter, umgehend den Zucker holen, könnte man Amnestie in Erwägung ziehen.«
Papin rezitiert Rimbaud: CE FUT D'ABORD UNE ÉTUDE. J'ÉCRIVAIS DES SILENCES, DES NUITS, JE NOTAIS L'INEXPRIMABLE. JE FIXAIS DES VERTIGES*, und holt die Zuckerbüchse aus dem Küchenwagen. Von dort ruft er: »Die Figur des Menschen macht aus den Bildern Episoden!«
Ich raune Teresa schnell zu: »Der Mensch jongliert mit flammenden Keulen. Eine Keule fällt auf den Planeten und setzt ihn in Brand. Ein überzeugendes Bild. Finden Sie nicht?«
»Aber kein Symbol«, antwortet Teresa trocken.
»Warum eigentlich nicht? Der Vorgang ist symbolisch für die Vernichtung der Welt. Das Pulverfaß. Weltbrand. Der Mensch – Ursache allen Übels. Das ist doch zwingend!«
»Wenn Sie sich ereifern, fuchteln Sie mit dem Zeigefinger. Sind Sie in Wahrheit vielleicht ein Prophet?

* franz. »Zunächst war es nicht mehr als ein Entwurf. Ich schrieb das Schweigen, die Nächte, notierte das Unaussprechliche. Ich maß die Abgründe.«

Entschuldigen Sie, ich bin albern. Ich muß einen Schnaps trinken, dann werde ich schwermütig. Das ist besser für den todernsten Disput.«

Papin bringt endlich den Zucker.

»Mit dem Humor ist das so eine Sache ... Ich schlage ein kleines Spiel vor: jeder erzählt aus dem Stegreif eine Geschichte, einen Witz, eine Situation, die er für komisch hält.

Pana Teresa, Sie sind gerade so schön in Fahrt, ich erteile Ihnen das Wort.«

»Das ist unfair. Ich weiß nichts. Die simplen Witze, über die ich lache, finden vor Euren Ohren kaum Gnade.«

»Es geht nicht um Qualität, serduszko*, es geht um Vielfalt.«

»Also gut, ich versuch's.

Ich erinnere mich an eine Szene, die ich im Fernsehen gesehen habe. Ein Team mit einer versteckten Kamera hat auf einer Landstraße einen Bahnübergang aufgebaut. Komplett mit Schranken, Bahnwärterhaus und Schrankenwärter mit Dienstmütze. Das einzige, was fehlt, sind die Bahngleise. Das erste Fahrzeug naht. Steht eine Weile. Dem Fahrer scheint nichts aufzufallen. Der Schrankenwärter verharrt in korrekter Haltung vor seinem Häuschen. Schließlich öffnet sich die Tür des Fahrzeugs. Ein Mann steigt aus und schlendert, immer noch völlig arglos, in Richtung Schranke. Er starrt auf die Straße zwischen den Bahnschranken. Große Verdutzung. Er blickt sich suchend um. Vergewissert sich noch einmal. Nicht empört oder aufgebracht. Bedächtig und

---

* poln. »Herzblatt«

respektvoll der gewichtigen Einrichtung gegenüber. Er entdeckt den Schrankenwärter.
›Verzeihung, da sind doch keine Schienen?‹
Der Uniformierte ungerührt: ›Die Gleisanlagen befinden sich im Bau. Zur Zeit bis zur Hügelkette am Horizont. Ein wenig Geduld bitte.‹
Statt einer Ohrfeige kommt vom Autofahrer ein höfliches Dankeschön. Er setzt sich in sein Auto und wartet weiter. Wie der Beamte angeordnet hatte. In Geduld. Die Behauptung des Schrankenwärters ist so absurd, daß sie schon wieder seriös wird. Ich finde das wunderbar komisch.«
Ich versuche, mich an eine originelle Theaterkritik zu erinnern: »Überschrift im Feuilleton:
IMMENSER EINSATZ, KONGENIALE PARTNER, POSITIVE ÜBERRASCHUNG
Darstellerin X gelang es mit immensem Einsatz, keinen Eindruck zu hinterlassen. Darsteller Y war ihr kongenialer Partner. Regisseur Z sorgte für eine positive Überraschung am Schluß, indem er ›mangels Applaus‹ auf die Verbeugung verzichtete.
Ein Abend wie aus einem Guß.
Gemessen am finanziellen Erfolg, kann das Theater die Spielzeit geschlossen zu seiner Inszenierung stehen.«
Papin macht eine seiner bedeutungsvollen Pausen, dann beginnt er: »Ich erinnere mich an Buster Keaton. An einen seiner genialsten Einfälle. Buster spielt in einem Film einen Mann, der ein ziemlich heruntergekommenes Schiff erbt. Notdürftig als Taucher ausstaffiert, macht er sich daran, ein Leck zu reparieren. Auf dem Meeresgrund trifft er seine Vorbereitungen. Dort steht ein Ständer mit einer Wasch-

schüssel. Buster wäscht sich wie ein Chirurg vor der Operation die Hände. Mit großer Sorgfalt. Anschließend schüttelt er sorgfältig die Wassertropfen von den Händen. Das Ganze unter Wasser …«
Wir liegen in unseren Sesseln wie satte, zufriedene Säuglinge. Im LIPA läuft eine Schallplatte. LA TRAVIATA. Mit der Callas.
Violetta singt:

Dialgrime aveva dùopo –
Or son tranquilla –
Lo vedi? Ti sorrido – lo vedi?
Saró látra quei fior presso a te sempre.

Die Tränen kamen mir.
Jetzt bin ich ruhig.
Siehst du, ich lächle, ich bin ruhig.
Dort unter Blumen werd ich dir nah sein.

»Haben Sie gut geschlafen? Sie werden heute gebraucht. Der Rest der Crew ist abgereist. Ich habe die Männer bei Sonnenaufgang aus den Betten geholt und die Anlage montiert. Frühstücken Sie schnell, ich warte auf Sie.«
Papin steckt in einem grünen Overall und hat ein Tuch um die Stirn gebunden.
Ich stopfe Brot und Kaffee in mich hinein, als gälte es auf dem Platz ein brennendes Haus zu löschen. Ich benehme mich wie der Klassenprimus, der vom Lehrer einen Auftrag erhalten hat.
Ich versuche, mein Verhalten zu korrigieren, zwinge mich zur Ruhe. Knüpfe ein zwangloses Gespräch mit

Teresa an. Sie ist blaß heute morgen und in sich gekehrt.
Dann marschiere ich zu meiner neuen Arbeitsstelle. Papin hat mit seinen Leuten ganze Arbeit geleistet. Die gewaltige Kugel liegt auf zwei Hebebühnen in Seilhöhe. Sie ist nach vier Seiten gesichert. Ein zweites Seil ist zehn Meter höher gespannt. Ich beobachte das mit Genugtuung. Papin hat sein Konzept geändert. Wollte er doch den Menschen ins Spiel bringen? Zweite Spielebene oder eine Sicherungsmaßnahme? Papin präpariert seine Hände aus der Kolophoniumkiste. Er hat sich umgezogen. Trägt ein enges, schwarzes Trikot.
Noch bevor ich bei ihm eingetroffen bin, ruft er: »Ich habe nachgedacht. Ihr Vorschlag, den Menschen von Anfang an ins Spiel zu bringen, hat seinen Reiz. Auch als artistischer Vorgang. Teresa hat eine interessante Idee: Die Rettungsaktion. Der Mensch breitet über den flammenden Planeten ein Tuch und löscht den Brand. Natürlich, Teresa im ewigen Kampf um das Gute im Menschen. Ich werde die Vorschläge zunächst technisch überprüfen. Erst dann hat es Sinn, Entscheidungen zu treffen.«
Papin mit Prinzipal-Diktion. Im ständigen Blickkontakt zum Seil. Als sähe er sich dort oben bereits springen.
»Heute werde ich herausfinden, ob Sprünge vom zweiten Seil auf die Kugel möglich sind.«
»Ein ziemliches Risiko. Gibt es ein Netz?«
»Während der Vorstellungen arbeiten wir nie mit einem Netz. Das Trainingsnetz ist irgendwo im Werkstattwagen. Es würde Stunden dauern, es aufzubauen. Es gibt einen Trick aus dem Zirkus. Der

Springer ist über eine Longe mit einem zweiten Mann verbunden. In dem Moment, da er stürzt, zieht er den Mann in die Höhe. Der Fall wird gebremst. Es gibt kein Risiko. Sie haben das sicher schon einmal gesehen. Auch Bergsteiger sichern sich auf diese Weise.«

»Ich denke, Ihre Männer müssen abreisen?«

»Sie sind längst abgereist. Der zweite Mann sind Sie.«

Vor Schreck fällt mir der Kaffeebecher aus der Hand. Um meine Verlegenheit zu überspielen, kicke ich ihn bubenhaft mit der Fußspitze ins Gebüsch.

»Aha. Ich meine, ist das nicht leichtsinnig? Ich habe keinerlei Erfahrung. Weder als Bergsteiger noch als Turner. Zu allem bin ich absolut unsportlich ... Ich bin auch nicht schwindelfrei, schon beim Blick über das Treppengeländer ...«

»Auf dem Seil steh ja ich. Uns bleibt keine andere Wahl. Oder möchten Sie, daß Teresa die Aufgabe übernimmt?«

»Ich halte es nur für fair, Sie über meine Fertigkeiten in Kenntnis zu setzen.«

»In Ordnung, das haben Sie jetzt getan. Lassen Sie sich von Teresa einen Overall geben. Und kommen Sie rasch wieder, wir haben Zeit verloren.«

Gehorsam trabe ich ins Camp.

Teresa zeigt sich nicht überrascht, mustert mich kurz von Kopf bis Fuß: »Welche Konfektionsgröße haben Sie?«

»Äh ... also Hemden kaufe ich in Größe vierzig ...«

»Ich denke, X wird reichen.«

Nach wenigen Minuten stecke ich im lindgrünen Overall mit der Aufschrift PAPIN JARDIN DE MAGICIEN.

Papin ist ungeduldig.
»Steigen Sie hier in die Gurte. Sollte ich fallen, bleiben Sie locker im Körper. Sonst brauchen Sie nichts zu tun. Stellen Sie sich vor, Sie hängen in einem Fallschirmgurt. Wichtig ist der ständige Blickkontakt. Damit Sie nicht plötzlich überrascht werden. Das kann zu Zerrungen führen. Sind Sie okay?«
»Natürlich bin ich okay. Warum denn nicht?«
Während er die Sprossen am Mast hochsteigt, ruft er mir zu: »Ich versuche, vom zweiten Seil auf die Kugel zu springen.«
Was er noch sagt, verstehe ich nicht. Die Entfernung ist zu groß. Ich schwitze. Wie nach einem Dauerlauf. Die neue Rolle war etwas heftig über mich gekommen. HALLO, DU SPIELST HEUTE ABEND DEN HAMLET, DU WIRST DAS SCHON SCHAFFEN.
Verkrampft halte ich das Seil. Die Vorstellung, daß sich am anderen Ende ein lebendiger Körper befindet, treibt mir das Blut in die Schläfen.
Papin steigt immer noch. Sprosse für Sprosse.
In Höhe des zweiten Seils klinkt er die Longenleine ein. Ich kann in meiner Aufregung nichts erkennen. Die Bilder verschwimmen vor den Augen. Die Sonne blendet. Mein Nacken schmerzt. Papin dirigiert mich mit Handzeichen auf meine Position.
Er ruft etwas.
Ein aufmunterndes Wort?
Meine Aufgabe ist klar und denkbar einfach. Ich habe nur still dazustehen und abzuwarten.
Die Leine strafft sich. Warum tut sie das? Sie muß doch Spiel haben. Sonst wird Papin mich bereits bei seinem Sprung in die Höhe reißen ...
Geht Papin jetzt aufs Seil?

Nein, irgend etwas scheint ihn zu stören. Ich hoffe (flehentlich), daß starker Wind ihn zum Abbruch zwingt, und verfluche mich in meiner Kläglichkeit. Ich schreie mir zu, verdammt nochmal stolz zu sein. Wer bekommt schon eine derart phänomenale Chance? Davon ließ sich im Alter trefflich zehren.
Warum fiel mir Clarisse plötzlich ein? Warum wünschte ich mir, daß sie unter der Schirmpinie am Hang säße? Wollte ich ihr imponieren? (... wenn du doch wenigstens mal ein Buch schreiben würdest!)
Auch gegen Big Frogs Anwesenheit hätte ich nichts einzuwenden ... (... Ihr freien Schreiber seid doch die reinsten Glückspilze! Den ganzen Tag in Bars rumhängen, irgendwelche Gerüchte aufschnappen und abends in den von mir bezahlten Hotelzimmern eine verdammte Lügenschnurre in die Maschine hämmern ...)
Achtung! Papin gibt ein Handzeichen.
Er steht vollkommen frei auf dem Mast und blickt zu mir herunter. Mir wird übel.
Der Anblick des freistehenden Mannes bereitet mir einen ziehenden Schmerz in den Hoden.
Die Hoffnung auf den Wind scheint vergeblich. BLAST, BLAST, O WÄREN ES DER SCHWEDEN HÖRNER ...
Kein Blatt rührt sich. Meine Augen beginnen zu tränen.
»Sie brauchen keine Angst zu haben. Papin stürzt nie ab.«
Ich schrecke zusammen, als hätte mir jemand mit einem Brett auf den Rücken geschlagen. Teresa steht hinter mir.
Auch das noch! Ich hatte eben noch vor mich hingeredet ...

WESENTLICHE BLEIBT UNGESAGT.

ICH HABE PFERDE
MITGEBRACHT. GANZ
HEIMLICH.
P.R.

»Hallo, es gibt kein Problem«, lüge ich.
Teresa lächelt.
Ist da Ironie?
Ich spüre im Seil ein energisches Rucken.
Mein Benehmen ist indiskutabel.
»Ich bin zu allen Schandtaten bereit«, sage ich tapfer und bin im Begriff, die Nerven zu verlieren.
Wieder das böse Rucken im Seil.
Teresa scheint mein Dilemma erkannt zu haben.
Ihr Streicheln hat etwas Mütterliches.
Sie soll gehen.
Endlich tut sie's.
Papin steht unbeweglich. Wie eine antike Skulptur.
Mir zittern die Beine.
Sollte doch etwas Sport treiben. Schon beim Angeln gab es ähnliche Ausfälle.
Papin hebt die Hand.
So ähnlich stelle ich mir den Ablauf bei einer Guillotine vor.
Papin springt.
Ist das eine Zeitlupeneinstellung?
Papin fliegt so lange ...
Papin landet auf der Kugel.
Präzise, nach kurzer Berührung mit den Händen steht er.
Ein perfekter Sprung!
Er macht sich an den Abstieg.
Ich muß mich setzen.
»Was haben Sie? Sie sind so bleich?«
»Es ist nichts. Alles nur ein bißchen ungewohnt. Es kommt nicht allzu häufig vor, daß ich Longen halte«, versuche ich zu scherzen.
»Warum haben Sie dann geschrien?«

»Habe ich das? Schätze, aus purer Lebensfreude ... Entschuldigung. Bin wohl doch nicht die richtige Besetzung.«
»Machen Sie sich keine Gedanken. Ich hole Ihnen etwas zu trinken.«
»Kommt nicht in Frage ... Sie sind fantastisch gesprungen. Kompliment! Ich glaube, man kann auf diesem Sprung aufbauen.«
»Stop. Stop. Jetzt beginnt die eigentliche Arbeit. Mindestens zehn Sprünge müssen akkurat sitzen. Dann wird das Urteil gesprochen. Sind Sie wieder bereit?«
»Klar.«
Papin steigt wieder auf.
Erst nach seinem dritten Sprung bin ich in der Lage, sachlich zu beobachten. Langsam spüre ich Freude, vielleicht sogar Stolz. Freude darüber, in einen Prozeß eingegliedert zu sein. Für mich eine neue Erfahrung. Vielleicht wollte ich einfach mal wichtig sein. Und stolz, weil Papin mich akzeptierte. Weil ich Partner war.
Einmal kommt es zu einer kritischen Situation. Papin findet nur schwer Halt nach der Landung. In meinem Seil zuckt es kurz. Ich spüre eine plötzliche Freude, ein unbeschreibliches Lustgefühl. Ich wünsche mir, daß er fallen möge. In mir ist Sehnsucht nach Bewährung, nach Papins Anerkennung.
Papin fällt nicht.
Er schleudert Flüche in den Himmel. Ballt die Fäuste. Und springt.
Wie ein Besessener: Aufstieg – Sprung. Aufstieg – Sprung.
Ich habe aufgehört zu zählen.
Als er schließlich vor mir sitzt, sind die Rollen gro-

tesk vertauscht. Ich liege erschöpft im Gras. An Papin ist keine Veränderung festzustellen.
Oder doch?
Die Veränderung ist anderer Art. Die Augen sind klar. Der Blick heiter, jungenhaft unternehmungslustig.
Ich entdecke Schönheiten in diesem Gesicht.
Die Form der Nase.
Das energische Kinn.
Die Augen, die für einen Moment Wärme zeigen. Auskunft geben.
Als wir unter der Dusche stehen, legt Papin die Hand auf meine Schulter und sagt: »Treiben Sie wirklich keinen Sport? Dafür haben Sie eine erstaunlich gute Figur.«
Er lacht und deutet eine gerade Rechte an. Ich reagiere nicht schlecht, indem ich die linke Faust hochreiße.
Antworte mit der Rechten cross.
Und treffe.
Merkwürdig, die körperliche Berührung läßt mich erschrecken.

Die nächsten Tage gelingen uns großartig. Arbeiten wie Goldgräber, die die ersten Nuggets gefunden haben. Entwickeln immer neue Ideen, und Papin setzt sie sofort auf dem Seil um.
Meine Rolle als Partner wird mir vertrauter. Mein Betätigungsfeld bleibt jedoch der feste Boden. Papin startet immer wieder den Versuch, mich auf den Mast zu bekommen. Ohne Erfolg.
Ich weigere mich »standhaft«.

Wir leben glücklich und unbeschwert wie in einem Pfadfinderlager. In aller Frühe auf den Beinen, mit Dauerläufen durch die Heide, kernigem Frühstück und Arbeit bis zur Dämmerung.
Teresa hält sich zurück, bringt die meiste Zeit mit der Zubereitung wundervoller, polnischer Gerichte zu. Sie wirkt wie eine Mutter, die glücklich ist, daß die Kinder streitlos miteinander spielen.
Die Nächte vor dem LIPA sind trotz der Anstrengungen des Tages lang. Bei Wein und Kerzenschein gewähren wir uns Einblicke in unsere so unterschiedlichen Lebensgeschichten.
Diskutieren über Gott und die Welt, geraten uns nicht selten in die Haare und versöhnen uns bei Châteauneuf du Pape und Bourgogne allegé. Papin konsequent mit seiner Coca Cola.
Teresas und Papins Geschichten liegen meist Jahre zurück. Wenig erfahre ich aus jüngerer Zeit.

Stundenlang kann ich Papin auf dem Seil beobachten. Seine unerschöpfliche Phantasie, seine rastlose Suche nach besseren und präzisen Ausdrucksformen versetzen mich immer wieder in Erstaunen.
Es gibt auch Niederlagen. Papin kann ein grausamer Feind seiner selbst sein. Kleinste Versehen versetzen ihn in Raserei. Gnadenlose Disziplin treibt ihn weiter. Nie erlebe ich ihn resigniert.
Statt Seelenmassage die Peitsche.
Dann wieder kindliche Freudenausbrüche über Gelungenes.
Die graziöse Verbeugung, wenn ich, auf der Wiese liegend, applaudiere.

Oder der krächzende Lustschrei über eine gewonnene Schachpartie.
Seine übermütige Stimme beim INDIAN SUMMER.
Längst können wir alle Strophen auswendig. Unsere »Hymne« begleitet uns den ganzen Tag.
Ständig bin ich mit Papin zusammen, ohne daß einer den anderen überbekommt. Immer ist es anregend. Aber es gibt auch Reibflächen.
Unsere Auseinandersetzungen sind schnörkellos direkt. Vieles braucht nicht formuliert zu werden; eine Geste, ein Blick, ein leises Nicken genügen.
Und immer wieder lange Phasen des Schweigens.
Papin auf seinen endlosen Wanderungen durch die nur ihm bekannten Katakomben seiner zweiten, seiner inneren Welt.
Diese Tage im Camp gehören zu den schönsten in meinem Leben.
Zeitlos und abgeschirmt.

Es ist Sonntag. Ein Morgen wie frischgewaschen. Noch nicht so heiß. Die Landschaft, als hätte ein Maler sein in die Jahre gekommenes Bild farblich aufgearbeitet.
Ich hatte eingeladen. Kleine Revanche für die großzügig gewährte Gastfreundschaft.
Pünktlich steht die gecharterte Pferdekutsche bereit. Wir schleppen Picknickkörbe und Flaschen, als gälte es, eine Hochzeitsgesellschaft zu verköstigen. Papin und Teresa sehen wirklich aus wie ein Hochzeitspaar. Er mit seinem schwarzen Barett, sie im hellen Leinenkleid.
Kräuterwiesen und Erntefelder. Vorbei an winzigen

Marktflecken, alten, römischen Garnisonsstädten geht die Fahrt.
Wir platzen mitten hinein in eine ländliche Hochzeit. Sitzen zwischen trachtengeschmückter Festgemeinde im Kirchlein und schwenken anschließend schwergewichtige, halbbetrunkene Hochzeitsgäste beim Dorftanz.
Den Nachmittag verbringen wir bei Bruder Basilius in einer weitläufigen Kloster-Töpferei.
Teresa formt eine vollbusige Frau mit Blumenschale, Papin eine bizarre Don Quichotte-Figur, ich eine plumpe Amorputte. Bei staubtrockenem Landwein und Fladenbrot verabreden wir mit dem Hausherrn einen Tag, um die gebrannten Kunstwerke abzuholen.
Auf dem Heimweg sagt Papin plötzlich zu Teresa: »Walce zgniątacza.«
Beide lachen.
Ich vermute ein Komplott.
»Nein, nein«, sagt Teresa. »Das ist ein altes Spiel zwischen uns beiden. Lang, lang ist's her. In unseren ersten Jahren hat der Pan mich oft mit einer verschrobenen polnischen Vokabel aus dem Wörterbuch überrascht. Meist erotische Anspielungen. Walce zgniątacza heißt zum Beispiel: Streckwalze.«
Wir singen Studentenlieder und erzählen uns die Geschichten unserer ersten Liebe. Bei diesem Thema ist Teresa die Protagonistin. Ihr Repertoire scheint unerschöpflich. Kommt sie zur Sache, verfällt sie ins Polnische. Worte, die auch Papin fremd sind.
Was ist das Wichtigste in einer Beziehung?
Teresa sagt: Die Liebe. Alles andere wächst von selbst.

Papin, Vertrauen. Liebe allein ist keine Basis für die Arbeit auf dem Seil.
Ich, Respekt. Meine ganz persönliche Erfahrung.

Endlich ist der sehnsüchtig erwartete Roy Schafer aus London eingetroffen!
Mit schrillen Sirenenklängen brach sein bunt bemalter Chevrolet-Pick-up kurz nach Sonnenaufgang in unsere Idylle ein. Das Geheul eines Steppenwolfs imitierend, steht ein kleiner, bulliger Mann mit dem feuerrotem Jimmi-Hendrix-Haarballon mitten auf dem Platz und fuchtelt mit den über und über tätowierten Armen.
Papin ist erregt. Sofort klappt er die Ladeklappe herunter und begutachtet die Fracht. Behutsam, als transportiere er Meißner Porzellan, trägt er die Folie zum LIPA. Betastet das Material, bearbeitet Roy Schafer mit schnellen Fragen, sammelt Holz zusammen und entzündet ein Feuer. Mit der Stoppuhr kontrolliert er die Reaktion des Materials.
Erst jetzt finde ich Gelegenheit, mich mit Roy Schafer bekannt zu machen. Fast eine Formsache. Ich habe das Gefühl, ihn lange zu kennen.
Der kleine Mann hat sein Buschhemd ausgezogen und präsentiert Goldkette und Kugelbauch. Er verhaspelt sich in komplizierten, technischen Erläuterungen, reißt immer wieder seine kurzen Arme in komischer Verzweiflung in den Himmel und schreit: »Santissima Maria puttana!* Bin ich Einstein?«
Papin zeigt sich hochzufrieden. Verstaut das kostbare

* ital. »Heilige Hure Maria!«

Material, Vinylstangen und Spezialfeuerlöscher im Safety-Car und entwirft einen Arbeitsplan für die nächsten Tage.
Roy Schafer besteht wortreich darauf, daß ich in seinem Wohnwagen bleibe und trägt seinen verschossenen Seesack aus Zeiten des Christoph Columbus zu einem anderen Fahrzeug.
Über den Platzlautsprecher dröhnt der INDIAN SUMMER. Nach einer gekonnten Blende verkündet Teresa, daß anläßlich Roy Schafers Heimkehr ein Fest gefeiert wird.
Mitten in die Siesta nach ausgiebigem Mahl platzt die Nachricht.
Ein Anruf der Gendarmerie L'Asti:
Bobesch ist tot.

Trotz der vorgerückten Stunde herrscht reger Autoverkehr. Irgendwo muß es ein wichtiges Fußballspiel gegeben haben. Die Autoradios sind auf volle Lautstärke gestellt. Dumpf dröhnen die Bässe aus den Fenstern. Von den Balkonen und aus den Bistros stupide Schlachtrufe. Autohupen und amateurhaft geblasene Trompetenfanfaren.
Knapp fünfzig Meter schräg gegenüber ein Nachtclub. Sterne leuchten an der Fassade. Rosa, grün, violett. Dazwischen die im Stakkato aufblitzenden Schriftzüge: MOULIN DE MAGICIEN.
Der Name versetzt mir einen Stich.
Ich hocke auf einer Parkbank. Finde Halt im Schatten der Bäume. Zwischen den schwarzen Stämmen der grell erleuchtete Eingang des Hospitals SACRE MÈRE THERESE.

Der zeitungslesende Pförtner hinter Glas.
Er scheint erstarrt.
Wie ein gestochen scharfes Fernsehbild. Der Ton ist weggeschaltet. Einmal ist ein Krankenwagen gekommen. Die Besatzung schlenderte zur Kaffeepause.
Musikfetzen aus dem Nachtclub. Überall Fröhlichkeit. Lärmende Selbstüberschätzung.
Im Schatten der Bäume komme ich zu mir.
Der OBSERVER ist von seinem Turm gestiegen. Luxuriöse Distanz Betroffenheit gewichen.
Als wir in L'Asti eintrafen, sahen wir die Rauchschwaden. Es stand nur noch das halbe Haus. Die Fassade war bis auf die Grundmauern heruntergebrannt. Man konnte in die Räume hineinsehen wie in ein Puppenhaus. Oben Sœur Julies Wohnung. In der unteren Etage das Zimmer, in dem ich vor wenigen Tagen mit Bobesch gesessen hatte.
Überall kalte Rauchsäulen. Das verkohlte Holz glänzte vom Löschwasser.
In L'Asti war Schützenfest. Die ganze Stadt auf dem Festplatz versammelt. Natürlich auch Bobesch. Sœur Julie hatte zu Hause das Bett hüten müssen.
Nächtliche Touristen entdeckten als erste das Feuer hinter der Kirche. Es dauerte lange, bis die Männer sich am Feuerlöschhaus zusammenfanden.
Nur Bobesch wußte von Sœur Julie, und er trug den Schlüssel in der Tasche.
Vor dem Löschwagen erreichte er das Haus, öffnete die Tür und stürzte sich in die Flammen.
Als das Löschfahrzeug endlich eintraf, saß Sœur Julie völlig erschöpft auf der Gartenbank, sprachlos vom Schock. Niemand verstand die Zusammenhänge.

Erst als sie nach kurzem Erschöpfungsschlaf erwachte und nach Bobesch fragte, begann die Suche. Ein Feuerwehrmann im Schutzanzug brachte ihn aus dem Haus. Jeder sah, daß er tot war. Man legte eine Decke über sein verbranntes Gesicht.
Endlich kam ein Krankenwagen. Da kein Arzt am Ort und niemand in der Lage war, eine Entscheidung zu treffen, nahm man ihn kurzerhand mit.
Eine Stunde später trafen wir in L'Asti ein. Niemand konnte uns sagen, wohin man Bobesch gebracht hatte. Drei Krankenhäuser kamen in Frage.
Teresa blieb bei Julie.
Roy Schafer war nicht mitgekommen. Jemand mußte im Camp bleiben.
Papin und ich machten uns auf die Suche.
Nach einer umständlichen Odyssee hatten wir endlich Erfolg.
Den Namen der Stadt kenne ich nicht.
Das Hospital ist ein Neubau. Glas und Beton. Alle Fenster sind hell erleuchtet. Rosen duften. In der Nähe plätschert ein Springbrunnen.
Der Himmel über mir sieht aus, als betrachte man ihn durch eine 3D-Brille. Als befände man sich auf einem Cyberspace-Trip.
Ich habe einen trockenen Mund.
Ich würde gern zum Brunnen gehen, um zu trinken.
Ich darf Papin nicht verpassen. Er ist noch im Hospital.
Er wird meine Hilfe brauchen.
Im Kopf bin ich stumpf.
Wie nach langem Schlaf in heißer Sonne.
Mein Kopf beschäftigt sich ausschließlich mit Dingen, die ich sehe.

Mein Denken ist auf den Augenblick fixiert.
Ich weiß nicht, wie lange ich schon warte.
Eine Stunde?
Oder länger?
Meine Armbanduhr liegt neben dem Bett in Roy Schafers Wohnwagen.
Wozu hätte ich eine Uhr gebraucht?

Meine Eltern leben beide noch.
Meine Erfahrungen mit Toten sind im Vergleich zu anderen Menschen meines Alters gering. Einmal ist eine Nachbarin gestorben. Ich war vierzehn.
In ihrem Haus hatte sich lange Zeit nichts gerührt. Eines Tages ging mein Vater mit mir hinüber. Wir hörten einen Fernseher laufen. Unser Verdacht schien unbegründet. Vater rief den Namen der Frau. Dann ging er ins Haus. Der Fernseher wurde abgeschaltet. Ich hörte meinen Vater husten. Oder waren das Stimmen? Vater kam zurück. Er sah blaß aus. Bevor er sprechen konnte, mußte er sich räuspern.
»Geh und ruf die Polizei«, sagte er, »ich warte hier. Sie sitzt tot in unserem Sessel.«
Zu Weihnachten hatten wir uns eine neue Sitzgarnitur geleistet. Unseren alten Sessel hatte Vater zur Nachbarin rübergeschafft. Sie hatte sich gefreut.
»Sie wird die Fettflecken nicht mitkriegen. Sie ist ja halb taub.«
Mein älterer Bruder setzte zu diesem forcierten Männerlachen an: Ho ... ho ... ho. Unbändige Kraft und Überlegenheit damit demonstrierend. Haltung von Halbwüchsigen, die sich für unsterblich halten.
Als der Mann vom Bestattungsinstitut, trotz mehrerer Versuche, den Sarg doch noch durch den engen

Korridor zu bekommen, schließlich zu einer Decke griff, winkte er mir. Sein Mitarbeiter hatte dringend in unserem Klo bei uns drüben »eine Stange Wasser abstellen müssen«. Ich konnte von Glück sagen, daß die Frau Nachbarin nicht direkt in den Himmel katapultiert wurde, denn ich hatte sie mir schwerer vorgestellt und das Bündelchen förmlich in die Höhe gerissen.

Der Bestattungsmann lachte und sagte: »Du, das hier ist nicht Badminton.«

Meine zweite Begegnung mit dem Tod hatte ich auf der Autobahn. Das ist noch nicht lange her. Vielleicht fünf Jahre.

Es war Winter. Die Fahrbahn vereist. Wie auf einen Rosenkranz gefädelt fuhren die Fahrzeuge Schritt.

Plötzlich ein dumpfes Geräusch. Ein Sportwagen überholte mit hoher Geschwindigkeit.

Nach etwa zehn Kilometern sah ich ihn wieder. Auf dem Mittelstreifen. Alle vier Räder in der Luft. Es mußte gerade passiert sein. Die Räder drehten sich noch.

Ich hielt an und stieg aus.

Ein Lieferwagen stand bereits am Unfallort. Der Fahrer kniete vor dem Seitenfenster des Sportwagens. Als ich herantrat, sagte er: »Wir müssen ihn rausholen, er lebt noch.«

Ich gehorchte. Wir bekamen den Mann aus dem Wrack heraus. Ich trug ihn auf den Armen zum Lieferwagen. Und setzte mich neben den Fahrer. Der kannte sich in der Gegend aus und raste los.

Der Verletzte versuchte mehrmals zu reden. Ich verstand ihn nicht. An der Stirn war ein kleines Blutrinnsal. Ich tupfte das Blut mit dem Taschentuch ab.

Das vom Fahrer gereichte Handtuch schien mir riskant. Es starrte vor Dreck.
Im Krankenhaus klappte alles perfekt. Der Arzt, die Schwestern, die Helfer mit der Trage auf Rädern ... alles ging blitzschnell. Wir konnten auf dem Korridor kaum folgen.
Die Tür schloß sich vor uns.
Wir standen keine zwei Minuten, da kam der Arzt heraus und sagte: »Der Mann ist ja längst tot, haben Sie das nicht gemerkt?«
In seiner Stimme lag Vorwurf.

Am Nachtclub gegenüber schlendert ein Polizist vorbei.
Mit der Fußspitze kickt er eine Blechbüchse aus dem Weg. Dann verschwindet er in die dunkle Nebenstraße.
Es ist ruhiger geworden. Ich höre nur noch das Plätschern des Springbrunnens. Ich möchte trinken. Der Brunnen ist ein paar Schritte entfernt. Ich werde von dort den Eingang aus den Augen verlieren.
Ich muß da sein, wenn Papin herauskommt.
Der Pförtner ist über seiner Zeitung eingeschlafen. Über ihm, an der Wand, eine Uhr, deren Zeiger ich nicht erkennen kann.
Irgendwo in dem großen Gebäude liegt Bobesch.
An seiner letzten Lagerstatt steht Papin.
Beide Menschen habe ich sehr gern.
Ich werde gebraucht.

Papin kommt.
Ich gehe ihm entgegen.

Er hat einen Mantel übergeworfen. Darunter wirkt seine Figur schmal.
Er steht und blickt zum Himmel.
Ich nehme ihn behutsam am Arm und führe ihn in den Park.
Er folgt wie ein Kind.
Vor der Bank bleibt er plötzlich stehen und sagt: »Do diaska! Er hat kein Gesicht.«
Ich versuche ihn zu trösten: »Bobesch weiß das nicht. Er schläft.«
Papin steht kerzengerade.
Wie auf seinem Mast.
Eine Skulptur.
Ein Mann aus Eisen.
Er legt die Stirn auf meine Schulter. Ich spüre, wie dort die Haut unterm Hemd feucht wird.
Ich versuche, ihn zu streicheln.
Papin macht sich ruckartig frei.
»Teresa wartet in L'Asti. Wo steht der Landrover?«

Der nächste Tag ist ein Alptraum. Das Camp liegt in der Sonne, als herrsche die Pest.
Erst gegen Mittag wage ich mich auf den Platz.
Nur Roy Schafers Pick-up fehlt. Also sind Teresa und Papin im Camp. Um den LIPA herrscht Stille. Selbst Flic und Ballü wirken betreten. Die Stahlmaste sehen aus wie stillgelegte Bohrtürme. Im Gras entdecke ich meine Handschuhe.
In Seilhöhe Papins Erdkugel ... Als wäre sie in der Nacht gelandet.
Ich klettere den Hang hinauf und setze mich unter die Pinie. Die Anlage liegt vor mir wie am ersten Tag.

War da ein Geräusch? Erwartete ich Papin als Olivenpflücker? Wollte ich etwas ungeschehen machen?
Ich bin mir nicht im klaren, wie ich mich verhalten soll. Ich will den Trauernden nicht zur Last fallen, aber auch zur Verfügung stehen. Sollte es von mir erwartet werden.
Ich mache mich an den Abstieg und wandere ziellos über den Platz. Die Hitze des Lehmbodens ist durch die Schuhsohlen zu spüren.
Im Küchenwagen suche ich ein paar Lebensmittel zusammen. Mit einer Whiskyflasche und zwei Kartons Mineralwasser, einem halben Baguette und einer Tüte mit Äpfeln unterm Arm verkrieche ich mich im Wohnwagen.
Vom Fenster aus kann ich das Camp übersehen.
Ich werde Posten beziehen.
Mich drängt nichts.
Wie das alte Indianerweib den nahenden Tod, spüre ich, daß die Tage im Camp PAPIN JARDIN DE MAGICIEN zu Ende sind.
Ich greife zu Saul Bellow.
Ich kann mich nicht auf den Text konzentrieren.
Die ersten Gläser zeigen Wirkung.
Alles ist wohl eine Frage der Zeit.
Die beiden werden sich fangen. Bald schon wird man in Ruhe über alles reden können.
Meine Trauer um Bobesch ist eine andere. Sie ist groß. Aber überschaubar. Ich hatte Bobesch bei meinem letzten Besuch als alten, kranken Mann kennengelernt. Sein Ende löst bei mir keine Verzweiflung aus. Die ohnmächtige Frage: Warum gerade er? Der Sohn verliert beim Tod des Vaters nicht nur des-

sen Körper. Er verliert ein Bild. Er verliert Kindheit, Jugend, Heimat. Ein Stück von sich.
Papin und Teresa fehlt der Ausgleich. Ein Punkt, wo zwei Linien sich kreuzen. Bobesch war so einer.
Es scheint kein WEITER zu geben. Beide verharren. Angst vor der Einsamkeit?
Gibt es eine Steigerung der Einsamkeit des Pan Papin?
Der Alkohol scheint in mein verwirrtes Gehirn Ordnung zu bringen. Plötzlich habe ich eine gestochen klare Draufsicht.
Wie der Pilot, der aus großer Höhe Zusammenhänge der Landschaft begreift.
Der OBSERVER wieder auf seinem Turm.
Der Rezensent mit dem gezückten Bleistift.
Bergleute mit Staublunge werden aus dem Verkehr gezogen und beziehen ihre wohlverdiente Rente. Krieger, zwar ohne Beine, aber mit Ehrungen überhäuft, sonnen sich mit ihren Orden auf den Parkbänken des Landes. Unsereins schleppt sich bis ans Ende seiner Tage so dahin und hinterläßt ein paar zerknüllte Zeitungen. Das wars.
Vielleicht sollte ich Big Frog einen Abschiedsbrief schreiben. Voller Altersweisheit und Nietzschezitate. Und mich nur noch irgendeiner schönen Überflüssigkeit widmen ...
Briefmarken sammeln oder Vogelstimmen.

Als ich aus bleiernem Schlaf im dunklen Wohnwagen erwache, hebt Paul Renard im leise dudelnden Radio mit der ersten Strophe von INDIAN SUMMER an. Als gäbe es nichts Wichtigeres auf der Welt. Hastig versuche ich, das Radio unschädlich zu machen. Es gelingt nicht, ich finde den entscheidenden Knopf nicht. Das Lied dauert endlos. Hatte er Verse dazugeschrieben?

Ich blicke aus dem Fenster. Die Platzbefeuerung ist eingeschaltet. Sie funktioniert automatisch, über Sensoren gesteuert.

Von Papin oder Teresa ist immer noch nichts zu sehen.

Ich entscheide mich für einen Spaziergang.

Die Luft ist zum Schneiden.

Unten am Hang führt ein schmaler Weg zwischen zwei Hügeln hindurch. Zum ersten Mal folge ich ihm, terra incognita.

Plötzlich meine ich eine andere Luft zu atmen. Frisch und gereinigt. Als wäre ich einer engen Larve entschlüpft. In warmen Wellen strömt mir Lorbeer- und Mastixgeruch entgegen. Vor mir, über der Ebene der Vollmond. Die Sternbilder so deutlich wie auf der Karte im Gymnasium. Am Horizont ein heller Streifen.

Ich genieße die körperliche Bewegung. Bei jedem Schritt scheinen Staubwolken aus meinen Kleidern aufzusteigen. Vor lauter Wohlgefühl beginne ich zu traben. Auf zwei Schritte einatmen, beim dritten ausatmen. Ich schnaufe wie eine Stute.

Ich skandiere:

HERR EICHELKOPF TRIFFT AUF FRAU VULVA – IHR MUND GEHT IHR BIS ZUR SCHULTER.

Ich habe die schmale Silhouette spät erkannt. Im Gespinst der Zweige ist sie schwer auszumachen.

»Lassen Sie sich bei Ihrer Dichtung nicht stören. Ich bin sowieso auf dem Heimweg.«

Ich kann Teresas Gesicht im Schatten der Zweige nicht sehen. Nur ihren Körper vom Hals abwärts. Ihr dunkelfarbiges Kleid.
»Entschuldigen Sie. Ich benehme mich wie ein Pennäler. Mir war plötzlich so.«
»Ein Werk aus Ihrer Feder?«
»Ein Durchzählreim aus dem Fußballverein.«
»Was haben Sie den ganzen Tag sonst gemacht?«
Mir gefiel ihr spöttischer Ton nicht.
»Geschlafen. Seit letzter Nacht gab es ein Defizit.«
»Fühlen Sie sich von Ihren Gastgebern vernachlässigt?«
»Im Gegenteil. Ich hoffe, ich bin keine Last. Wenn ja, würde ich natürlich sofort abreisen.«
»Nein, bitte nicht. Bleiben Sie. Es ist alles etwas kompliziert. Sie werden es bemerkt haben. Papin trägt schwer an dem Verlust. Aber er akzeptiert nicht das Leid anderer ... Er sieht sich allein in seinem Schmerz. Er kapselt sich ab ... Ich weiß nicht, in welchem Wagen er seit gestern haust ... In langen Jahren habe ich gelernt, mit seinen Depressionen umzugehen. Sie abzufangen, umzuleiten. Jetzt, nach Bobeschs Tod, bin ich überfordert ...«
Teresa wendet sich ab. Weint sie?
Sie winkt mit einer hellen Hand und geht ein paar Schritte. Dann dreht sie sich um: »Das Lotsenboot ist leck geschlagen ... Wer hilft dem Lotsen?«
Ihre Gestalt wirkt im Mondlicht zerbrechlich.
Sie lacht leise.
Ich gehe zu ihr und lege den Arm um ihre Schultern. Ihre Stirn liegt etwas tiefer als Papins letzte Nacht.
»Wir verdanken Bobesch, daß wir so leben, wie wir

leben. Ohne ihn wären wir abgestürzt. Was wird jetzt? Er hat uns beschützt.«
Die starke Teresa ratlos.
Sie weint hemmungslos. Die Arme hängen mutlos herab.
Ich versuche, mit dem Taschentuch ihre Tränen zu trocknen.
Überrage sie wie der große Bruder. Sie macht eine abwehrende Geste.
Unsere Arme geraten ineinander.
Hände an Hände.
Körper beginnen ungesteuert ein Eigenleben.
Das zwanghafte Zueinander Frierender.
Augen in der Dunkelkheit, die fühlen.
Haut, die spricht.
Im Wirbel Lavendel, Rosmarin, Teresas Parfüm, der Himmel, der Mond mit Kometenschweif.
Die fordernde Kraft der Hände.
Der Vorstoß Haut zu Haut.
Körper, sich jegliche Einmischung verbittend.
Aufeinander zu. Ineinander.
Wir lieben uns schreiend.
Tragen uns gegenseitig über das Seil.
Wagen den Sprung.
Und stürzen gemeinsam.
In Stille.

»Bitte gehen Sie jetzt. Ich muß ins Camp zurück.« Teresa lächelt und sagt mit ihrer glucksenden Stimme: »Ich danke dir, mein Liebling. Jetzt muß ich wieder leben.« Und verschwindet in die Dunkelheit.

Steh auf Weib, steh auf
und zünde die Kerze an.
ich habe Pferde gebracht
ganz heimlich
vier braune!
Und eine Schürze für dich,
mit Gold bestickt.

Als ich ins Camp zurückkehre, sehe ich Licht im LIPA. Ich trete ans Fenster.
Teresa liegt auf dem Boden. Papin über ihr. Beide sind nackt.
Papins Rücken ist stark behaart. Kräftig zeichnen sich seine Gesäßmuskeln ab. Teresa hat die Augen geschlossen, den Mund weit geöffnet. Ihre Hände sind tief in Papins Lenden verkrallt.
Ich taumele zurück.
Als hätte jemand aus dem Wageninneren ein Blitzlichtfoto geschossen.
Ich sehe mich auf dem Foto.
Mit aufgerissenen Augen.
Verschwitzten Haaren.
Ich renne zum Wohnwagen. Verriegele die Tür hinter mir.
Am Vormittag hatte ich eine Schreibmaschine unterm Bett entdeckt.
Ich spanne einen Bogen ein.
Die Klimaanlage summt. Das Radio dudelt immer noch.
Ich beginne zu schreiben:
ÜBERSCHRIFT: PARIA SPIELT PERSER
HOCHSCHULLEHRER UND EINE ENDLOSE REISE

ABSATZ

TEXT:

ISAAK KENNT SICH IN DER ANTIKEN TRAGÖDIE BESSER AUS ALS IN SEINEM LEBEN …

Am Morgen habe ich meine Sachen schnell gepackt.
Keine Flucht.
Keine Nacht- und Nebelaktion.
Erwachsene Menschen sollten in derlei Situationen nicht in Konfusion geraten.
Schwierig würde es werden, Papin aufzutreiben.
Teresa wird im LIPA sein.
Dort einfach hinzugehen fehlt mir der Mut.
Ich werde das Bild nicht los.
Ist das Eifersucht?
Tatsächlich! Ich fühle mich von Teresa hintergangen.
Das sind Anzeichen ersten Irrsinns. Höchste Zeit zu verschwinden. Meine Gefühle einigermaßen sinnreich zu ordnen scheint mir im Moment nicht möglich.
Was ich brauche, ist Zeit und Abstand.
Ich selbst bin mir verlorengegangen.
Ich habe nur reagiert.
Starke Persönlichkeiten zwingen in dieses Rollenspiel.
Ich habe das Leben eines Ich-Erzählers im Roman geführt.
Immer vorhanden, nie wirklich dabei.
Wie jemand, der sich dazu durchgerungen hat, das Rauchen aufzugeben, zum Abschied eine Zigarette raucht, genehmige ich mir eine Frist bis zum Abend.
Sollte bis dahin nichts geschehen sein, würde ich han-

deln. Um mich zu beruhigen, nenne ich das: Mediterrane Gelassenheit ... Kommt Zeit, kommt Rat, oder so ähnlich.
Zu verderben ist ohnehin nichts mehr.
Zu Mittag wird der Himmel dunkler. In der Ferne Gewittergrummeln.
Ich versuche mich in der Rolle des Abgebrühten: Ich setze mich an die Schreibmaschine und schreibe den Artikel über Isaak weiter.
Vielleicht würde Big Frog die Story akzeptieren.
Den Artikel über Papin hatte ich bis gestern abrufbereit im Kopf. Das nächtliche Finale hat ihn zu Makulatur werden lassen.

Am Abend klopft es an die Tür. Die überraschende Wendung.
Papin lädt mich zu einem Spaziergang ein. Er habe mir etwas mitzuteilen.
Daß er die Initiative übernimmt, schafft Erleichterung. Ich klappe die Schreibmaschine zu.
Wir machen uns auf den Weg.
Papin, kerzengerade wie immer. Er sieht blaß aus, hat tiefe Schatten unter den Augen. Aber sein Blick ist hell. Unternehmungslustig.
Nach schweren Krankheiten planen Menschen oft große Reisen, beschließen ein Buch zu schreiben.
Papin geht schnell, ich habe Mühe zu folgen.
Am LIPA kommt uns Ballü schwanzwedelnd entgegen. Papin krault sie liebevoll und schickt sie zurück.
Wir passieren das Tor. Die Trainingsanlage steht unverändert.
Überrascht sehe ich Teresa auf dem Seil. Zum ersten

Mal erlebe ich sie beim Training. Sie scheint uns nicht zu bemerken.
Ich registriere diese Bilder mit Erleichterung. Die eingetretene Normalität würde den Abschied erleichtern.
Wir durchqueren das Wäldchen und stehen vor dem bizarren Eingangstor. Auf dem Parkplatz steht ein flammendrotes Motorrad mit Moto-Cross-Lenker.
Papin schwingt sich auf den Sitz und startet den Motor. Ohrenbetäubend röhrt er los. Papin deutet auf den Sozius. Ich klettere hinauf. Er startet so abrupt, daß ich instinktiv die Arme um seine Hüften legen muß, um nicht auf dem Acker zu landen.
Ich sehe das Bild der verschlungenen, nackten Körper vor mir. Teresas Gesicht hatte glücklich ausgesehen.
Ich umarme meinen Nebenbuhler.
Papin fährt, als hätte die Yamaha ihn persönlich beleidigt. Es geht über Wiesen, durch Sandwüsten. Wir erklimmen steile Hänge und durchqueren ausgetrocknete Flußläufe.
Papin führt mit seinem Paraderitt etwas im Schilde. Nur was, ist mir nicht klar.
Der Kranke hat nach langer Krisis zu früherer Vitalität zurückgefunden. Er will das seiner Umwelt mitteilen.
Seinem Freund? Seinem Freund Judas Ischariot.
Während der Cowboy in meinen Armen nach jedem Manöver Triumphschreie von sich gibt, halte ich die Augen krampfhaft geschlossen und schicke Stoßgebete in den Caspar-David-Abendhimmel.
Auf einem zerwuhlten Acker läßt Papin mich endlich absteigen. Besser gesagt, er wirft Ballast ab.

Hatte er bislang das Pflichtprogramm absolviert, folgt jetzt die Kür.
Wie alles, was Papin in die Hand nimmt, beherrscht er auch das Motorrad perfekt. Er springt, reißt die Maschine in die Höhe, wie einen Mustang. Er steht auf den Fußrasten, nimmt die Hände vom Lenker. Er legt sich auf den Sitz. Martert den Motor beim Gipfelsturm eines extrem steilen Hanges.
Oben angekommen, reißt er sich das Hemd vom Körper und rast halbnackt auf mich zu. In einer Vision sehe ich einen schweißgebadeten Satyr auf dem barocken Fleisch einer Schäferin.
Sie hat die glücklichen Gesichtszüge Teresas.
»Sie haben nicht viel übrig für Motorradfahren«, brüllt Papin, grob wie der Polier auf der Baustelle. Jünger sieht er aus. Staubbedeckt und verschwitzt. Seine Augen blitzen.
»Sagen wir so, es imponiert mir. Was imponiert, bleibt fremd.«
Papin grinst: »Mit ja oder nein können Sie wohl nie eine Frage beantworten. Steigen Sie auf, ich habe eine Idee.«
Nach einigen verwegenen Irrfahrten stehen wir plötzlich vor der Burgruine. Papin bockt die verdreckte Yamaha auf und winkt mir, ihm zu folgen.
Im Patio steht unversehrt neben verfallenen Wirtschaftsgebäuden, den Resten von Arkaden, ein Söller. Eine enge Wendeltreppe führt uns auf die geräumige Plattform.
Das Camp unten im Tal wirkt verloren. Teresa auf dem Seil winzig.
Unter uns das bewegte Wasser.
Das in dic Tiefe stürzende Seil.

Es übt einen magischen Sog auf mich aus.
Ich muß mich setzen.
»Immer noch keine Ambitionen?«
»Tut mir leid. Ich bin ein unverbesserlicher Ignorant. Schon beim Blick über das Treppengeländer ...«
Papin singt mit kräftiger Stimme:

Marie, wo ist unser Lied?
Marie, wo ist das Chaos?
Marie, wo ist unser Morgen?
Unser Cadmiumrot ist so grau.
Deine Lust – hinter Glas.

»Ich habe beschlossen, meine Karriere mit dem heutigen Tag zu beenden.«
Papin blickt in die Ferne. Wie für das Erinnerungsfoto nach erfolgreicher Gipfelerstürmung.
»Ich denke, es ist an der Zeit. Bestimmte Ereignisse ... Bestimmte Ereignisse haben ... Zeichen gesetzt. Die Gewißheit kommt von innen ... Es wäre nicht so, hätte es nicht schon einen Prozeß gegeben. Der Tod meines Vaters war das auslösende Moment. Nicht der Anlaß. Natürlich spielte die Art seines Todes eine Rolle. Die groteske Parallele zu meiner momentanen Arbeit ... mit dem Erdball ... mit dem Erdball in Flammen ...«
Papin baut einen Turm aus Kieselsteinen. Mit ruhiger Hand.
»Ich finde keine Motivation, um kreativ auf das Seil zu gehen ... Etwas in mir ist zerbrochen ...«
Nach einer Pause sage ich: »Was sagt Teresa zu Ihrer Entscheidung?«
»Teresa weiß nichts. Sie sind der erste, der es erfährt.«

»Danke für das Vertrauen.«
»Sie brauchen sich nicht zu bedanken. Irgend jemand ist immer der erste.«
Mit einem kleinen Karateschlag köpft Papin den Kieselsteinturm.
»Ich habe einiges erreicht. Was meine Möglichkeiten betrifft, vielleicht sogar alles ... Zum Abschluß hätte ich gern den flammenden Planeten kreiert. Übrigens, ich habe Ihnen zu danken. Für eine produktive Woche ... Auch sonst ... Ich trauere dem, sagen wir geplanten Spektakel nicht nach. Der stille Abgang entspricht eher meiner Natur. Auch der Tod arbeitet in der Stille. Man sollte sich darauf einstellen. Ohne Aufhebens. Das hat ausschließlich mit mir zu tun.«
»Ihr Publikum wird das anders sehen.«
»Das Publikum. Das Publikum ist käuflich. Es wirft sich den nächsten Tag unter einen anderen Liebhaber und macht die Beine breit. Und amüsiert sich. Und die Liebhaber stehen Schlange. Niemand ist mehr in der Lage, Qualität wirklich zu beurteilen. Der Film mit seinen unbegrenzten Möglichkeiten. Durch die Luft fliegen Autos, Gebäude, Menschen, Planeten ... Ein Mann stürzt einen Abgrund herunter, um dort unten im nächsten Moment eine Frau zu lieben. Ein Auto explodiert in einem Feuerball, der Held entsteigt ihm völlig unverletzt, steckt sich eine Nelke ins Knopfloch und geht in eine Spielbank, um dort eine Million zu gewinnen ...
Das gefällt. Das entspricht den Vorstellungen von Qualität. Nicht der Mann, der in einem Harlekinkostüm auf einem Seil balanciert. Oder die Menschen mit einem brennenden Gummiball das Fürchten lehren will.

Wenn ich Menschen aus dem Publikum über das Seil trug, erlebte ich immer die gleiche Szene. Anfangs gab man sich siegesbewußt, winkte in Heldenpose, nach ein paar Schritten auf dem Seil das heulende Elend. Nein, ich bin nicht müde. Sagen wir so, ich habe eine Arbeit abgeschlossen.«
»War es nicht ein Risiko?«
»Mein Leben? Was soll das Pathos?«
»Fremde Menschen auf die Schultern zu nehmen und aufs Seil zu gehen? – ... Sie hätten durchdrehen können. Einen Infarkt bekommen?«
»Das Risiko war kalkulierbar. Bei der Auswahl gab es Kriterien. Für das Publikum nicht erkennbar. Warten Sie ... es gibt einen Trick, wie man den Körper trägt ... Erlauben Sie.«
Wir stehen auf. Papin kriecht unter mich und plötzlich schwebe ich – wie die Biene Maja. Papin hat mich fest im Griff. Seine Arme sind wie Schraubstöcke. Er steigt auf die Mauer, geht zum Seil, setzt den Fuß darauf. Als prüfe er das Badewasser. Plötzlich eilt er mit raschen Schritten voran. Wir schwanken auf dem Seil. Wind erfaßt uns. Regentropfen.
Erst nach einer Weile merke ich, daß ich schreie.
Keine Worte.
Einfach schreie. Mit einer häßlichen Stimme.
Ich erwische den Mann unter mir an den Haaren.
Was hat er vor?
»Bringen Sie mich zurück!«
Papin keucht aus der Tiefe: »Haben Sie Angst?«
»Ja!«
»Das ist sehr gut. Das wird Ihnen bei unserem Spiel helfen.«
Papin hat eine helle Stimme. Sie klingt fremd. Er for-

muliert übertrieben präzise. Scheinbar ohne physische Anstrengung. Körperlos.
Ich schließe die Augen.
Ich darf nicht schreien. Teresa könnte mich hören.
Papin ist wahnsinnig geworden.
Wir werden abstürzen.
Unter uns sehe ich Felsen, das reißende Wasser.
Wir werden abstürzen.
Es soll ein Ende haben.
Papin ist wahnsinnig geworden.
Ich darf ihn nicht reizen.
Ich muß aufhören zu schreien.
Papin sagt etwas: »Wir werden eine Szene spielen: Stellen Sie sich vor, Sie sind Artist. Sie wollen eine Nummer mit Ihrem Kind trainieren. Ihre Tochter ist vier Jahre alt. Sie vertraut Ihnen blind. Plötzlich ist Ihre Tochter abgestürzt. Im Wasser verschwunden. Sie werden sie nie wiedersehen. Ich möchte, daß Sie mir das jetzt vorspielen. Zeigen Sie mir Ihre Gefühle. Sie sind vom Film, Sie können das. Was empfinden Sie. Wie fühlen Sie sich als der Mörder Ihres Kindes. Hä? Bevor Sie mich nicht überzeugt haben, bringe ich Sie nicht zurück. Los, die Kamera läuft.«
Mein Verstand ist stehengeblieben. Ich muß mich erbrechen. Ich kann nicht sprechen. Was will Papin?
»Beeilen Sie sich. Meine Kondition ist nicht die beste. Je überzeugender Sie sind, desto kürzer unser Ausflug. Es liegt an Ihnen. Ich bin ein dankbares Publikum!«
Papins Gelächter wird von den Felswänden vervielfältigt. Wie ein unsichtbares Publikum.
Ich schaue mir einen Film von Fellini an.
Oder träume ich?

»Sie Untier. Sie haben Ihr Kind fallenlassen. Empfinden Sie nichts, Sie Holzklotz?«
Papin schreit brutal.
Ich versuche meine Gedanken zu ordnen. Was will er. Ich muß seinem Wunsch nachkommen. Wahnsinnige darf man nicht reizen.
Ich muß sein Spiel mitspielen.
»Ich bin natürlich sehr erschrocken ...«
»Was ist los?«
»Ich bin natürlich sehr erschrocken über den Verlust des Kindes ...«
»Erschrocken? Du kalter Hund, ich habe nicht mein Taschentuch verloren, sondern meine Tochter ... Chi-Chi mit den Rehaugen, mit den schönen Bewegungen, Chi-Chi, die ihren Vater vergöttert ... Du Unmensch, du blutleerer Unmensch, du bist erschrokken! Ich heule, ich schreie, ich verfluche mich ...«
»Du bist ein Mörder, du bist ein krankhaft ehrgeiziger Egoist, du bist dreckiger als der letzte ...«
»Nicht schlecht, jetzt kommst du in Fahrt ... Weiter, weiter ...«
Papin stemmt sich ruckartig in die Höhe. Wir schwanken bedenklich. Ich halte mich mit den Zähnen in seinen Haaren.
Er schreit unter Schmerzen: »Du Dreckskerl, du verdammter Köter, du tust mir weh. Ich schmeiß dich ins Wasser. Los, spiel deine Rolle weiter, ich bin noch lange nicht zufrieden.«
Ich schreie: »Du bist ein Mörder ... Du hast deine Tochter auf dem Gewissen ...«
»Hey, du sollst ICH sagen ... was fällt dir ein? Verdammt nochmal, es ist DEINE Tochter. Drehst du etwa durch? Das Schönste kommt erst noch ... los, weiter!

»Ich bin ein Mörder ... Ich habe meine Tochter auf dem Gewissen ... Sie hat mir vertraut. Ich habe das ausgenutzt ... Der Alkohol ... Ich bin katastrophal vorbereitet. Ich bin Dreck ...«
»Du lügst, ich habe nicht getrunken. Das kommt von Teresa. Woher weißt du das? Los, weiter!«
»Ich bin Dreck. Ich bin Dreck! Ich darf nie wieder auf das Seil ... Man soll mich anspucken!«
»Du bist gut, aber noch nicht sehr gut. Jetzt die Comédie Française. Es geht um deinen Kragen! Heule, schreie, zerreiße dich!«
Papin lacht und keucht wie ein Tier. Der Wind bringt das Seil in Bewegung. Papin schwankt.
Ich schreie: »Komm zurück! Komm zurück! Laß alles ungeschehen sein. Ich will dich nie mehr zwingen. Ich versprech es dir. Ich will statt deiner springen. Komm zurück! Hörst du mich da unten? ... Verzeih mir ... nie nie wieder ... Gott hilf mir ... Gott, warum läßt du es geschehen, warum läßt du mich allein ... warum falle ich nicht. Ich will fallen ... ich bin zu feige ... warum falle ich nicht, ich will ...«
»Stop. Sie können Aufhören. Ihre Angst war echt. Kompliment.«
Ich sehe Papins Gesicht schweißnaß über mir. Wir stehen auf dem Turm. Ich finde mich schwer zurecht. Die Pupillen in Papins Augen sind geweitet.
Mit ruhiger Prinzipal-Stimme sagt er: »Ich habe Sie heute nacht mit Teresa beobachtet. Niedriger kann ein Mensch nicht handeln. Ich wollte Sie leiden sehen. Wenigstens einen Teil der Qualen durchleiden, wie ich es heute nacht getan habe. Ich wollte Sie ganz unten sehen. Jetzt fühle ich mich besser. Was halten Sie von dem Vorschlag, unsere Begegnung als einen

bösen Traum zu vergessen. Sie haben Glück gehabt, Sie sind rechtzeitig aufgewacht.
Ich möchte Sie jetzt bitten, das Camp zu verlassen. Ich wäre Ihnen dankbar, wenn wir uns nicht mehr sehen müßten. Unten am Wasser führt ein schmaler Weg über eine Brücke. Ceciles Helfer hat ihn gebaut. Sie erinnern sich an Cecile, der unglückliche Gefangene. Nehmen Sie diesen Weg. Und verschwinden Sie.
Ich möchte Sie niemals wiedersehen.«
Ich höre seine Schritte. Sie werden leise. Im Patio knirscht der Schotter. Das Motorrad heult auf, entfernt sich.

Ich habe Teresa und Papin nie wieder gesehen.

Ein Jahr später lese ich einen groß aufgemachten Artikel in der Zeitung.
AFP: Ein sensationelles Comeback feierte Altmeister Papin zusammen mit der unvergleichlichen Teresa, kongenialer Partnerin und Ehefrau. Anläßlich der Feierlichkeiten zum Tag der Revolution veranstaltete er sein seit langem erwartetes, von allerlei Gerüchten umranktes Spektakel. Das Warten hat sich gelohnt. Der Meister zeigte sich in sprühender Spiellaune. Höhepunkt der Darbietung war der brennende Planet, der von zwei Menschen, Papin und Teresa, mit einem riesigen grünen Tuch gelöscht wird. 80 000 Zuschauer und Millionen an den Fernsehschirmen waren Zeuge einer Gestaltung, die weit über das artistische Spektakel hinausging. Das Credo

eines großen Künstlers, Talent in sinnreicher Verbindung mit dem Streben nach Wahrheit. Ein Papin-gemäßer Beitrag zu den Fragen unserer Zeit.
Vivat Teresa!
Vivat Papin!